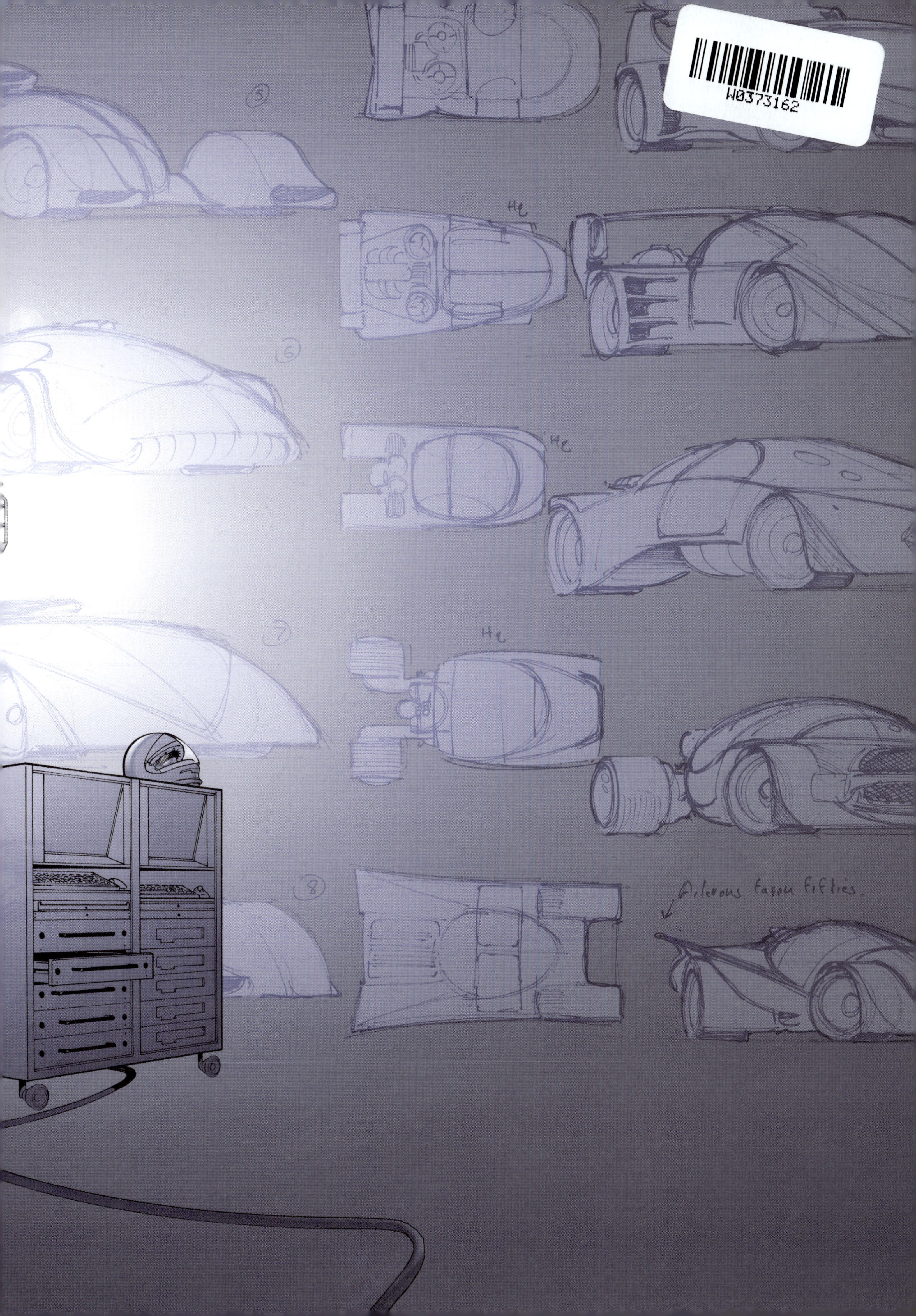
5
6
7
8
Ailerons façon fifties.

Golden Cup

2. 500 mille chevaux

Scénario
DANIEL PECQUEUR

Dessin
ALAIN HENRIET

Couleurs
PIERRE SCHELLE & STÉPHANE ROSA

Couverture et design
MANCHU

Ce récit se situe dans l'univers de «Golden City», créé par Daniel Pecqueur et Nicolas Malfin

DELCOURT

Un grand merci à Yves David, le créateur et webmaster
de mon site : http://www.alainhenriet.com/
À Thierry Falda, sans qui il n'y aurait jamais eu de tirage N&B,
et à Christophe Daminet, mon vieil ami et libraire préferé.

A. H.

Dans la même série :
Tome 1 : Daytona
Tome 2 : 500 Mille chevaux
Tome 3 : Des loups dans la spéciale

Dans le même univers :
• Golden City (six volumes) - scénario de Pecqueur, dessin de Malfin

Du même dessinateur, chez le même éditeur :
• John Doe (trois volumes) - scénario de Baloo

Aux Éditions Le Téméraire :
• Le Portail (volume un) - scénario d'Olier

Aux Éditions Point Image :
• Le Portail (volume deux) - scénario d'Olier

Aux Éditions Khani :
• Loup-garou

Aux Éditions Dupuis :
• Pandora Box (volume 6) - scénario d'Alcante

Site Internet du dessinateur :
www.alainhenriet.com

Du même scénariste, chez le même éditeur :
• Tao Bang (deux volumes) - coscénario de Vatine et Blanchard, dessin de Cassegrain

Aux Éditions Petit à Petit :
• La Cour des grands (trois volumes) - collectif

Chez Dargaud Éditeur :
• Cargal (quatre volumes) - dessin de Formosa
• Thomas Noland (cinq volumes) - dessin de Franz
• Marée basse - dessin de Gibrat

Aux Éditions Joer :
• Les Méandres de l'Histoire (l'histoire de Rouen en BD)

Label dirigé par Fred Blanchard et Olivier Vatine

Dépôt légal : novembre 2004. I.S.B.N. : 2-84789-300-8

Couverture : Alain Henriet, Manchu et Olivier Vatine

Conception graphique : Trait pour Trait

Achevé d'imprimer en septembre 2006
sur les presses de l'imprimerie Lesaffre, à Tournai, Belgique.

www.editions-delcourt.fr

À QUELLE HEURE SERA DONNÉ LE DÉPART DE LA GOLDEN CUP, DEMAIN MATIN ?
LE PREMIER CONCURRENT S'ÉLANCERA À HUIT HEURES PRÉCISES ...
... ET LES AUTRES SUIVRONT TOUTES LES 10 SECONDES.

KLIK !
ET GOLDEN CITY SERA ENGLOUTIE, COMME LE FUT JADIS L'ATLANTIDE !...
ELLE SOMBRERA AU PLUS PROFOND DES ABYSSES, ENTRAÎNANT AVEC ELLE DANS LA MORT TOUS SES HABITANTS...
ET, NOTAMMENT, SES DIRIGEANTS DONT JE RÊVE DE ME VENGER DEPUIS SI LONGTEMPS !
POURQUOI LES HAÏSSEZ-VOUS TANT QUE ÇA ?... QUE VOUS ONT-ILS FAIT ?

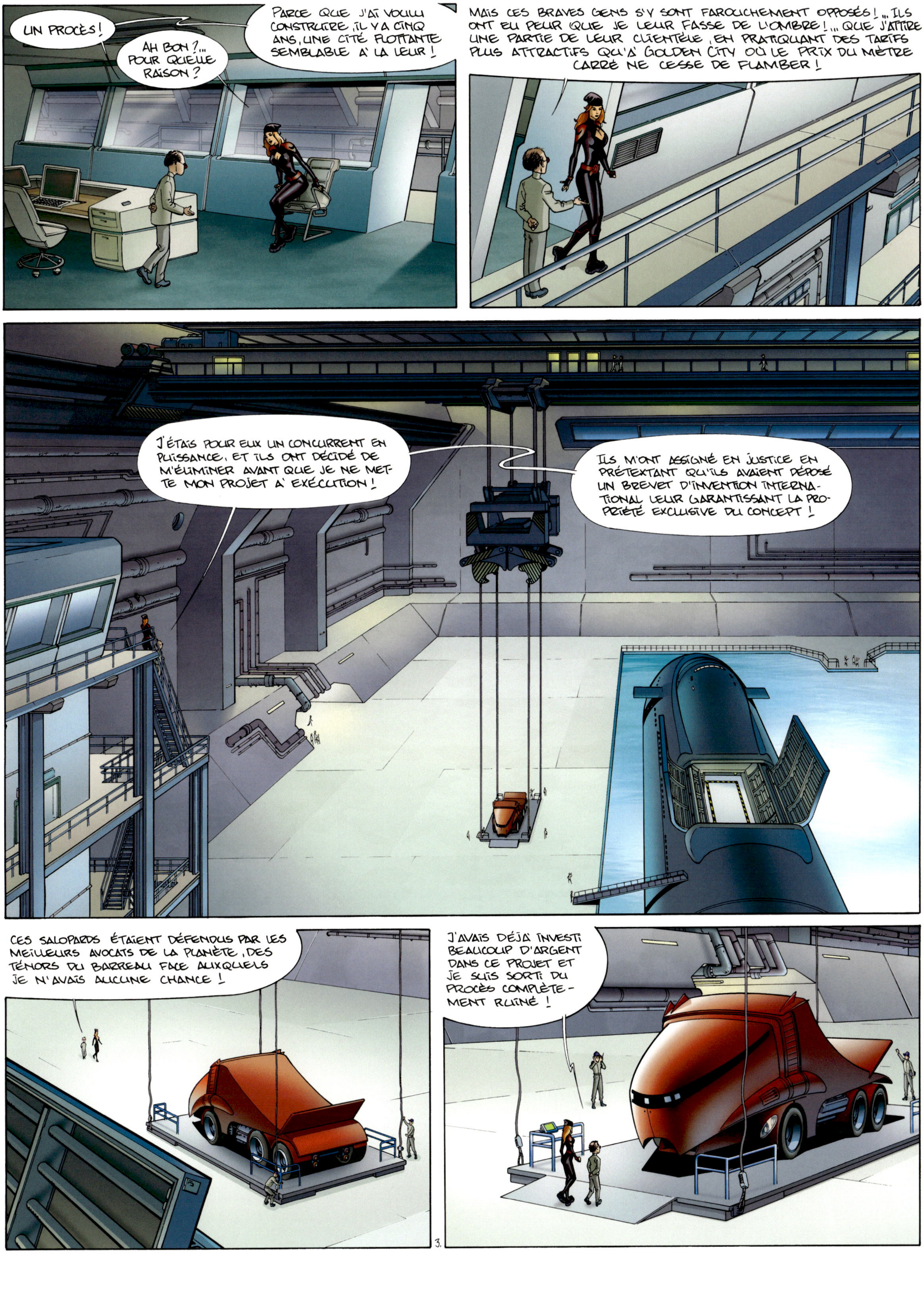
UN PROCÈS !
AH BON ?... POUR QUELLE RAISON ?
PARCE QUE J'AI VOULU CONSTRUIRE, IL Y A CINQ ANS, UNE CITÉ FLOTTANTE SEMBLABLE À LA LEUR !
MAIS CES BRAVES GENS S'Y SONT FAROUCHEMENT OPPOSÉS !... ILS ONT EU PEUR QUE JE LEUR FASSE DE L'OMBRE !... QUE J'ATTIRE UNE PARTIE DE LEUR CLIENTÈLE, EN PRATIQUANT DES TARIFS PLUS ATTRACTIFS QU'À GOLDEN CITY OÙ LE PRIX DU MÈTRE CARRÉ NE CESSE DE FLAMBER !
J'ÉTAIS POUR EUX UN CONCURRENT EN PUISSANCE, ET ILS ONT DÉCIDÉ DE M'ÉLIMINER AVANT QUE JE NE METTE MON PROJET À EXÉCUTION !
ILS M'ONT ASSIGNÉ EN JUSTICE EN PRÉTEXTANT QU'ILS AVAIENT DÉPOSÉ UN BREVET D'INVENTION INTERNATIONAL LEUR GARANTISSANT LA PROPRIÉTÉ EXCLUSIVE DU CONCEPT !
CES SALOPARDS ÉTAIENT DÉFENDUS PAR LES MEILLEURS AVOCATS DE LA PLANÈTE, DES TÉNORS DU BARREAU FACE AUXQUELS JE N'AVAIS AUCUNE CHANCE !
J'AVAIS DÉJÀ INVESTI BEAUCOUP D'ARGENT DANS CE PROJET ET JE SUIS SORTI DU PROCÈS COMPLÈTEMENT RUINÉ !
3.

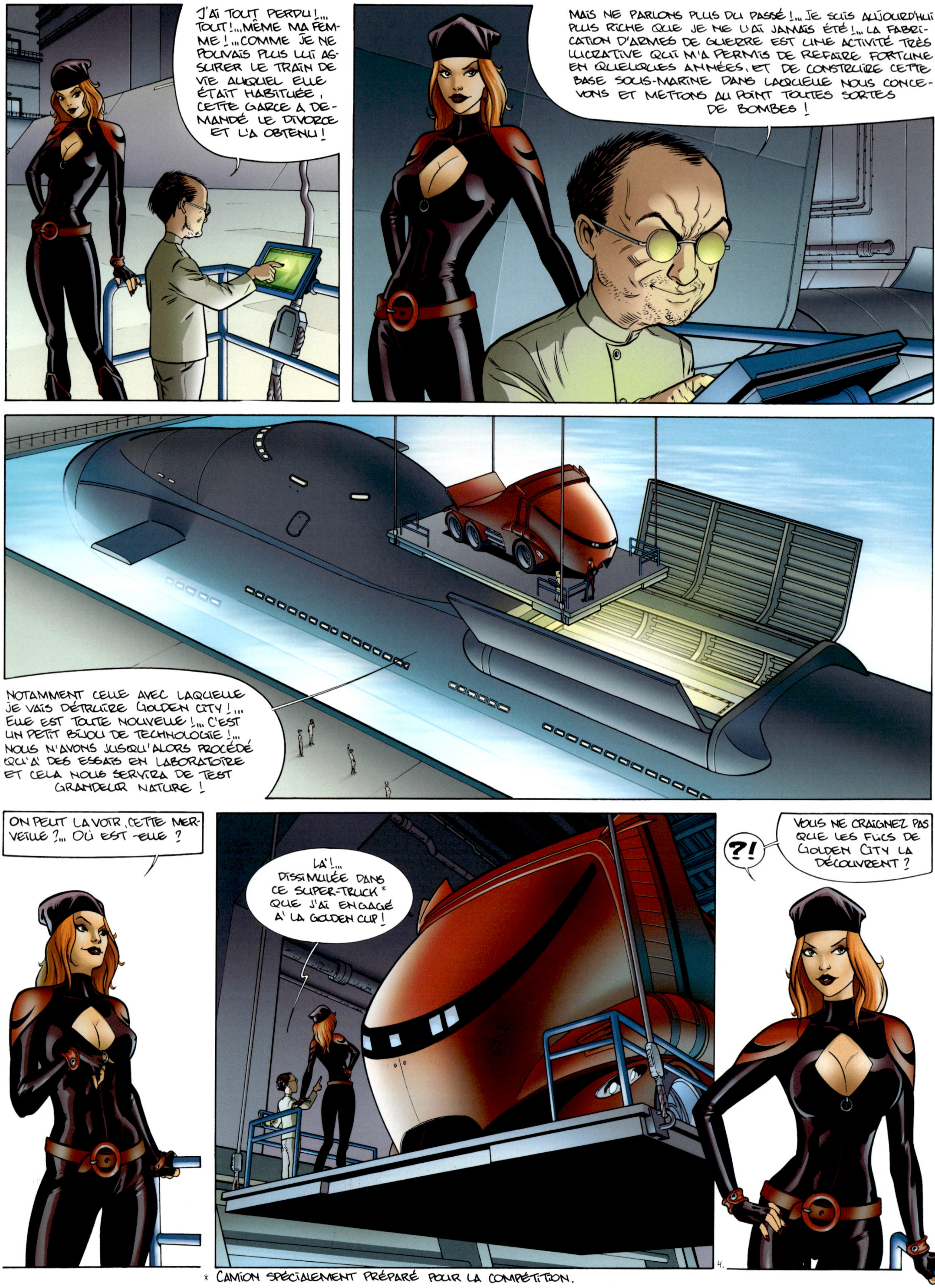
J'AI TOUT PERDU !... TOUT ! ... MÊME MA FEMME ! ... COMME JE NE POUVAIS PLUS LUI ASSURER LE TRAIN DE VIE AUQUEL ELLE ÉTAIT HABITUÉE, CETTE GARCE A DEMANDÉ LE DIVORCE ET L'A OBTENU !
MAIS NE PARLONS PLUS DU PASSÉ ! ... JE SUIS AUJOURD'HUI PLUS RICHE QUE JE NE L'AI JAMAIS ÉTÉ ! ... LA FABRICATION D'ARMES DE GUERRE EST UNE ACTIVITÉ TRÈS LUCRATIVE QUI M'A PERMIS DE REFAIRE FORTUNE EN QUELQUES ANNÉES, ET DE CONSTRUIRE CETTE BASE SOUS-MARINE DANS LAQUELLE NOUS CONCEVONS ET METTONS AU POINT TOUTES SORTES DE BOMBES !
NOTAMMENT CELLE AVEC LAQUELLE JE VAIS DÉTRUIRE GOLDEN CITY ! ... ELLE EST TOUTE NOUVELLE ! ... C'EST UN PETIT BIJOU DE TECHNOLOGIE ! ... NOUS N'AVONS JUSQU'ALORS PROCÉDÉ QU'À DES ESSAIS EN LABORATOIRE ET CELA NOUS SERVIRA DE TEST GRANDEUR NATURE !
ON PEUT LA VOIR, CETTE MERVEILLE ? ... OÙ EST-ELLE ?
LÀ ! ... DISSIMULÉE DANS CE SUPER-TRUCK* QUE J'AI ENGAGÉ À LA GOLDEN CUP !
?!
VOUS NE CRAIGNEZ PAS QUE LES FLICS DE GOLDEN CITY LA DÉCOUVRENT ?
* CAMION SPÉCIALEMENT PRÉPARÉ POUR LA COMPÉTITION.

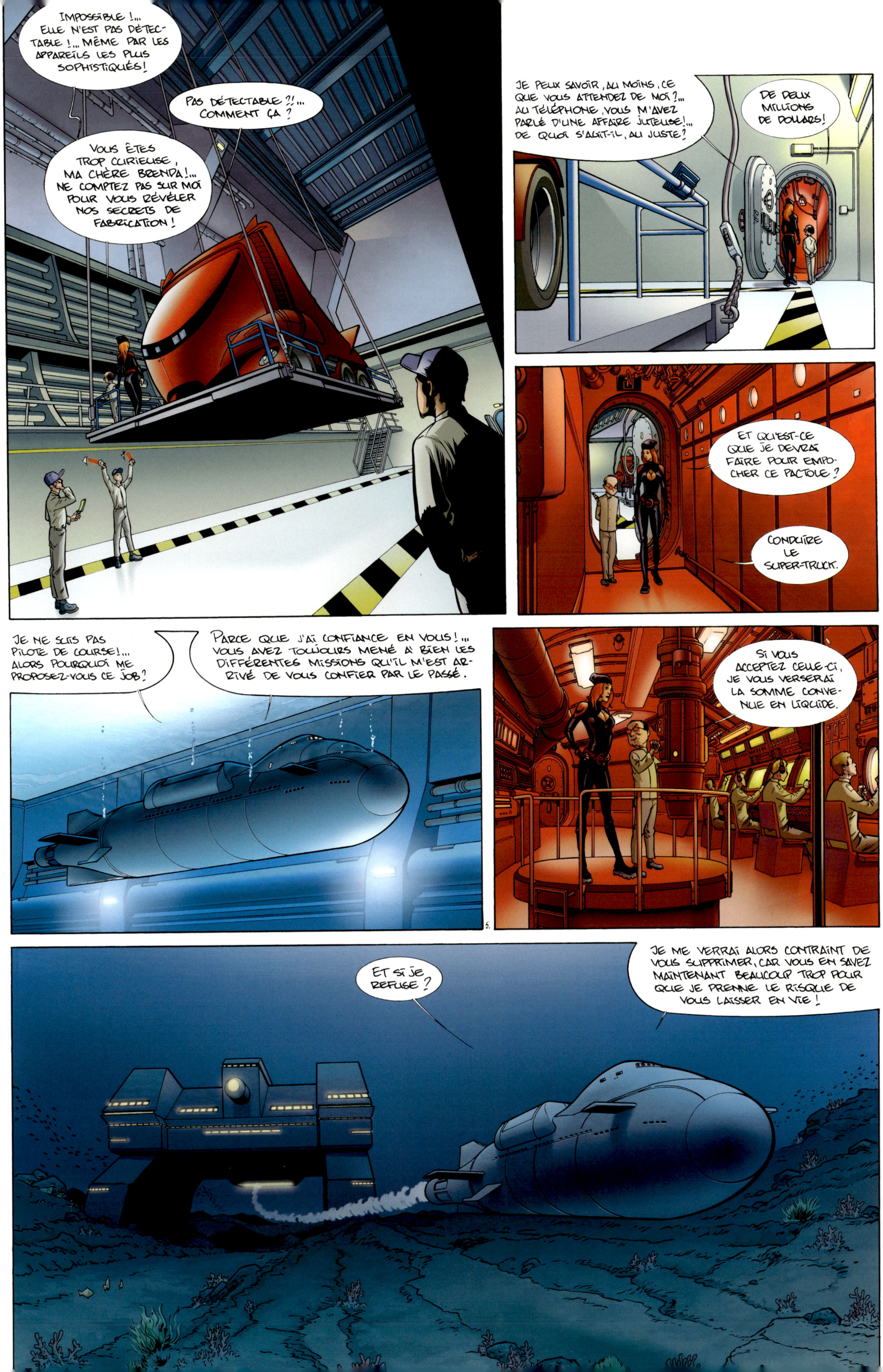
IMPOSSIBLE !... ELLE N'EST PAS DÉTECTABLE !... MÊME PAR LES APPAREILS LES PLUS SOPHISTIQUÉS !
PAS DÉTECTABLE ?!... COMMENT ÇA ?
VOUS ÊTES TROP CURIEUSE, MA CHÈRE BRENDA !... NE COMPTEZ PAS SUR MOI POUR VOUS RÉVÉLER NOS SECRETS DE FABRICATION !
JE PEUX SAVOIR, AU MOINS, CE QUE VOUS ATTENDEZ DE MOI ?... AU TÉLÉPHONE, VOUS M'AVEZ PARLÉ D'UNE AFFAIRE JUTEUSE !... DE QUOI S'AGIT-IL, AU JUSTE ?
DE DEUX MILLIONS DE DOLLARS !
ET QU'EST-CE QUE JE DEVRAI FAIRE POUR EMPOCHER CE PACTOLE ?
CONDUIRE LE SUPER-TRUCK.
JE NE SUIS PAS PILOTE DE COURSE !... ALORS POURQUOI ME PROPOSEZ-VOUS CE JOB ?
PARCE QUE J'AI CONFIANCE EN VOUS !... VOUS AVEZ TOUJOURS MENÉ À BIEN LES DIFFÉRENTES MISSIONS QU'IL M'EST ARRIVÉ DE VOUS CONFIER PAR LE PASSÉ.
SI VOUS ACCEPTEZ CELLE-CI, JE VOUS VERSERAI LA SOMME CONVENUE EN LIQUIDE.
ET SI JE REFUSE ?
JE ME VERRAI ALORS CONTRAINT DE VOUS SUPPRIMER, CAR VOUS EN SAVEZ MAINTENANT BEAUCOUP TROP POUR QUE JE PRENNE LE RISQUE DE VOUS LAISSER EN VIE !

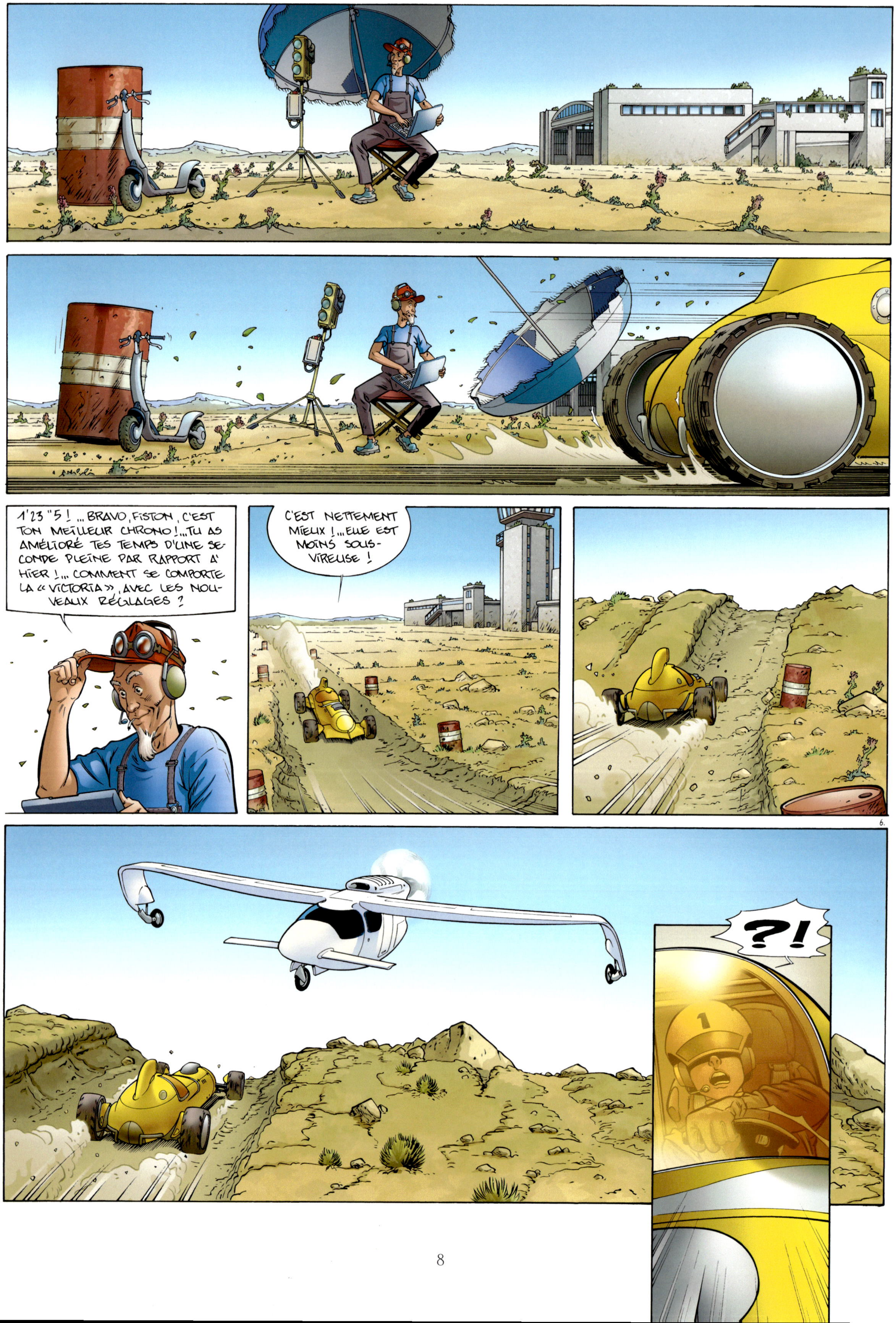
1'23"5 ! ... BRAVO, FISTON, C'EST TON MEILLEUR CHRONO ! ... TU AS AMÉLIORÉ TES TEMPS D'UNE SECONDE PLEINE PAR RAPPORT À HIER ! ... COMMENT SE COMPORTE LA « VICTORIA », AVEC LES NOUVEAUX RÉGLAGES ?
C'EST NETTEMENT MIEUX ! ... ELLE EST MOINS SOUS-VIREUSE !
?!

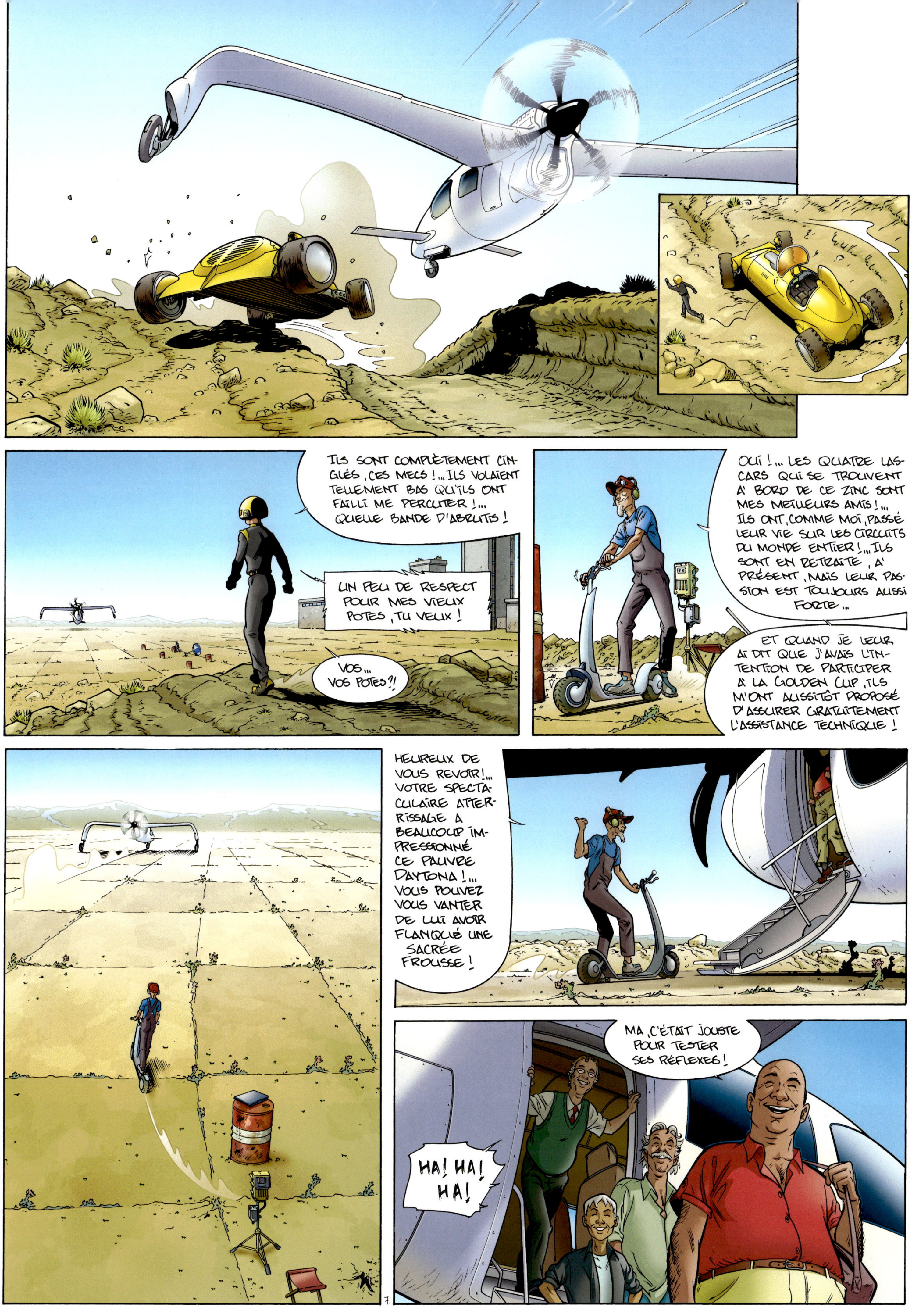
ILS SONT COMPLÈTEMENT CINGLÉS, CES MECS !... ILS VOLAIENT TELLEMENT BAS QU'ILS ONT FAILLI ME PERCUTER !... QUELLE BANDE D'ABRUTIS !
UN PEU DE RESPECT POUR MES VIEUX POTES, TU VEUX !
VOS... VOS POTES ?!
OUI !... LES QUATRE LASCARS QUI SE TROUVENT À BORD DE CE ZINC SONT MES MEILLEURS AMIS !... ILS ONT, COMME MOI, PASSÉ LEUR VIE SUR LES CIRCUITS DU MONDE ENTIER !... ILS SONT EN RETRAITE, À PRÉSENT, MAIS LEUR PASSION EST TOUJOURS AUSSI FORTE...
ET QUAND JE LEUR AI DIT QUE J'AVAIS L'INTENTION DE PARTICIPER À LA GOLDEN CUP, ILS M'ONT AUSSITÔT PROPOSÉ D'ASSURER GRATUITEMENT L'ASSISTANCE TECHNIQUE !
HEUREUX DE VOUS REVOIR !... VOTRE SPECTACULAIRE ATTERRISSAGE A BEAUCOUP IMPRESSIONNÉ CE PAUVRE DAYTONA !... VOUS POUVEZ VOUS VANTER DE LUI AVOIR FLANQUÉ UNE SACRÉE FROUSSE !
MA, C'ÉTAIT JOUSTE POUR TESTER SES RÉFLEXES !
HA! HA! HA!

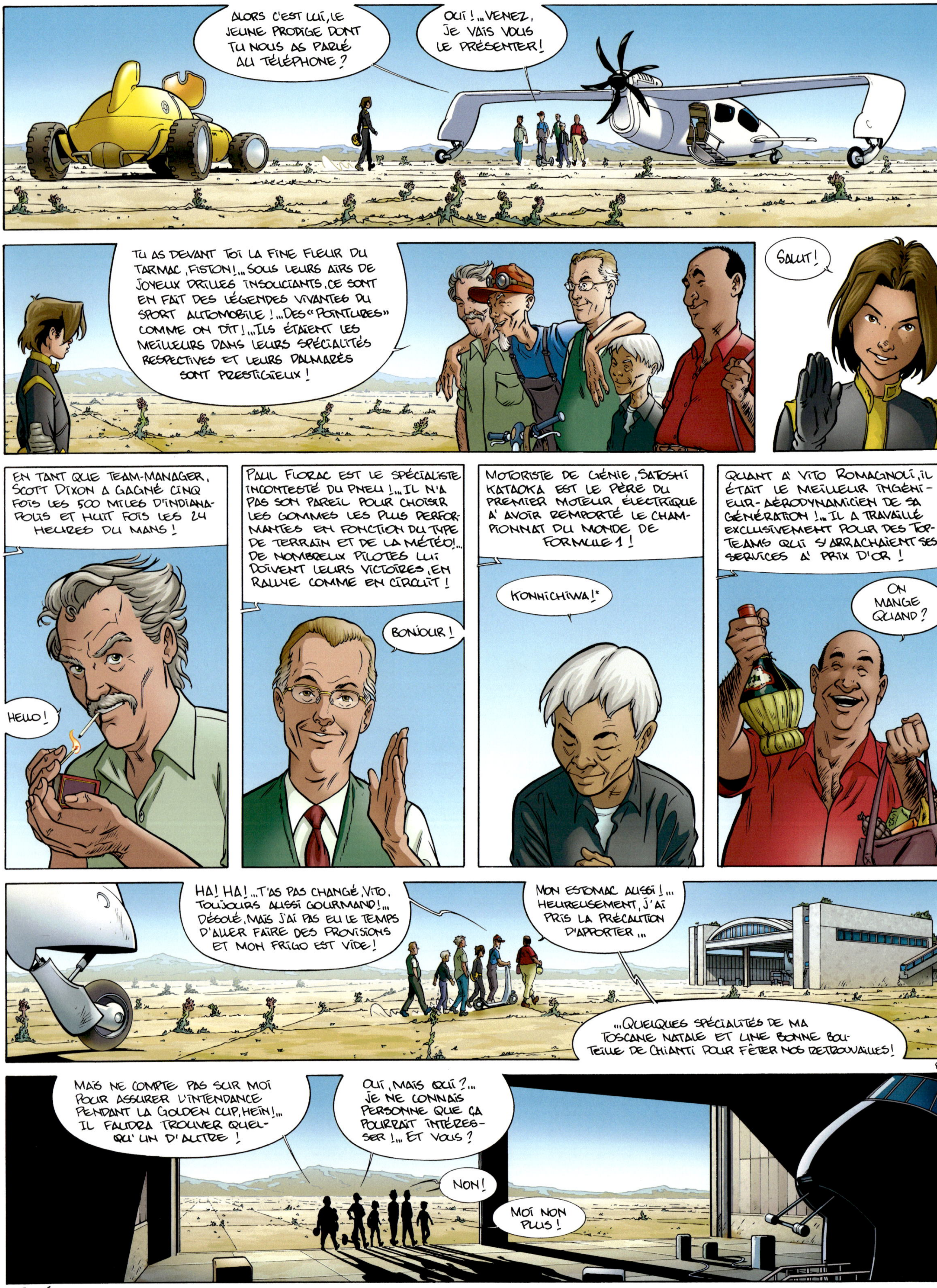
ALORS C'EST LUI, LE JEUNE PRODIGE DONT TU NOUS AS PARLÉ AU TÉLÉPHONE ?
OUI ! ... VENEZ, JE VAIS VOUS LE PRÉSENTER !
TU AS DEVANT TOI LA FINE FLEUR DU TARMAC, FISTON ! ... SOUS LEURS AIRS DE JOYEUX DRILLES INSOUCIANTS, CE SONT EN FAIT DES LÉGENDES VIVANTES DU SPORT AUTOMOBILE ! ... DES « POINTURES » COMME ON DIT ! ... ILS ÉTAIENT LES MEILLEURS DANS LEURS SPÉCIALITÉS RESPECTIVES ET LEURS PALMARÈS SONT PRESTIGIEUX !
SALUT !
EN TANT QUE TEAM-MANAGER, SCOTT DIXON A GAGNÉ CINQ FOIS LES 500 MILES D'INDIANAPOLIS ET HUIT FOIS LES 24 HEURES DU MANS !
HELLO !
PAUL FLORAC EST LE SPÉCIALISTE INCONTESTÉ DU PNEU ! ... IL N'A PAS SON PAREIL POUR CHOISIR LES GOMMES LES PLUS PERFORMANTES EN FONCTION DU TYPE DE TERRAIN ET DE LA MÉTÉO ! ... DE NOMBREUX PILOTES LUI DOIVENT LEURS VICTOIRES, EN RALLYE COMME EN CIRCUIT !
BONJOUR !
MOTORISTE DE GÉNIE, SATOSHI KATAOKA EST LE PÈRE DU PREMIER MOTEUR ÉLECTRIQUE À AVOIR REMPORTÉ LE CHAMPIONNAT DU MONDE DE FORMULE 1 !
KONNICHIWA !*
QUANT À VITO ROMAGNOLI, IL ÉTAIT LE MEILLEUR INGÉNIEUR-AÉRODYNAMICIEN DE SA GÉNÉRATION ! ... IL A TRAVAILLÉ EXCLUSIVEMENT POUR DES TOP-TEAMS QUI S'ARRACHAIENT SES SERVICES À PRIX D'OR !
ON MANGE QUAND ?
HA ! HA ! ... T'AS PAS CHANGÉ, VITO, TOUJOURS AUSSI GOURMAND ! ... DÉSOLÉ, MAIS J'AI PAS EU LE TEMPS D'ALLER FAIRE DES PROVISIONS ET MON FRIGO EST VIDE !
MON ESTOMAC AUSSI ! ... HEUREUSEMENT, J'AI PRIS LA PRÉCAUTION D'APPORTER ...
... QUELQUES SPÉCIALITÉS DE MA TOSCANE NATALE ET UNE BONNE BOUTEILLE DE CHIANTI POUR FÊTER NOS RETROUVAILLES !
8.
MAIS NE COMPTE PAS SUR MOI POUR ASSURER L'INTENDANCE PENDANT LA GOLDEN CUP, HEIN ! ... IL FAUDRA TROUVER QUELQU'UN D'AUTRE !
OUI, MAIS QUI ? ... JE NE CONNAIS PERSONNE QUE ÇA POURRAIT INTÉRESSER ! ... ET VOUS ?
NON !
MOI NON PLUS !

* BONJOUR.

MAIS QUAND JE SUIS ARRIVÉE CHEZ TOI TOUT À L'HEURE, J'AI TROUVÉ TA MAISON VIDE ET LES VOLETS FERMÉS .. C'EST LE PASTEUR QUI M'A DIT QUE TU ÉTAIS MORTE LE MOIS DERNIER ET QUE JE TE TROUVERAIS LÀ ... PAUVRE MAMAN ... T'AS DÛ ÊTRE TRISTE DE PAS ME VOIR À TON ENTERREMENT, MAIS C'EST PARCE QUE PERSONNE M'A PRÉVENUE ... SINON TU PENSES BIEN QUE JE SERAIS VENUE ...
... TU SAIS, J'AI QUITTÉ CE GROS COCHON DE CARUSO ... T'AVAIS RAISON, C'ÉTAIT VRAIMENT PAS UN TYPE POUR MOI ... MAIS MAINTENANT JE ME RETROUVE SANS BOULOT ET IL ME RESTE SEULEMENT CENT DOLLARS EN POCHE ... QU'EST-CE QUE JE VAIS DEVENIR ? ... JE SUIS TOUTE SEULE ET JE SAIS PAS OÙ ALLER ...
TUUT TUT
TUUT TUT
TUUT TUT
ALLÔ ? ... AH, C'EST TOI, DAYTONA ! ... NON NON, TU ME DÉRANGES PAS, AU CONTRAIRE : ÇA ME FAIT DRÔLEMENT PLAISIR DE T'ENTENDRE ! ... TU VAS BIEN ? ... AS-TU TROUVÉ LE COACH QUE TU CHERCHAIS À NEW YORK ?*
NON ! ... MAIS JE VAIS PARTICIPER À LA GOLDEN CUP, ET LE TEAM QUI M'A ENGAGÉ CHERCHE QUELQU'UN POUR S'OCCUPER DE L'INTENDANCE PENDANT LA COURSE, ALORS J'AI PENSÉ À TOI ! ... ÇA T'INTÉRESSE ?
TU PARLES QUE OUI ! ... JE SAUTE DANS LE PROCHAIN TRAIN ET J'ARRIVE ! ... BISOUS !
EXCUSE-MOI, M'MAN, MAIS IL FAUT QUE JE TE QUITTE : JE PARS FAIRE LE TOUR DU MONDE ! ... JE VIENDRAI TE VOIR À MON RETOUR POUR TE RACONTER COMMENT ÇA S'EST PASSÉ !
AU REVOIR, M'MAN, TE FAIS SURTOUT PAS DE SOUCIS POUR MOI ! ... JE SAIS QUE J'AI PAS TOUJOURS ÉTÉ LA FILLE DONT TU RÊVAIS, MAIS MAINTENANT JE VAIS CHANGER ! ... JE TE LE PROMETS !

* LIRE TOME 1.

ALORS, BORANO, OÙ EN EST VOTRE ENQUÊTE ?... AVEZ-VOUS VISIONNÉ LE DVD QUE LES RAVISSEURS DE MA FILLE M'ONT ENVOYÉ ?
OUI !... JE N'ARRÊTE PAS DE ME LE PASSER EN BOUCLE DEPUIS HIER !... ET J'AI FINI PAR DÉCOUVRIR UN INDICE BOUGREMENT INTÉRESSANT !
QUEL INDICE ?
UN CLOCHER D'ÉGLISE.
J'AI MIS DU TEMPS À LE REMARQUER, CAR IL N'EST VISIBLE QU'EN FAISANT UN ARRÊT SUR IMAGE !... JE VAIS VOUS LE MONTRER !
VOILÀ !... C'EST LÀ !
OÙ ÇA ?
EN ARRIÈRE-PLAN, DANS L'ENTRE-BÂILLEMENT DES RIDEAUX...
ATTENDEZ, JE VAIS ZOOMER, VOUS LE VERREZ MIEUX.
VOUS AVEZ RAISON : C'EST BIEN UNE ÉGLISE !
ET COMME VOUS LE VOYEZ, ELLE A LA PARTICULARITÉ D'ÊTRE À MOITIÉ ENSEVELIE SOUS LE SABLE !... C'EST D'AILLEURS CE QUI M'A PERMIS DE L'IDENTIFIER !... IL S'AGIT DE L'ÉGLISE DE MOSPORT !
10.
MOSPORT ?... CONNAIS PAS !... JAMAIS ENTENDU PARLER !... ÇA SE TROUVE OÙ ?
PAS LOIN D'ICI, SUR LE CONTINENT !... C'ÉTAIT AUTREFOIS UNE CHARMANTE STATION BALNÉAIRE OÙ LES GENS VENAIENT PASSER LE WEEK-END EN FAMILLE !... J'Y ALLAIS PARFOIS EN VACANCES QUAND J'ÉTAIS GOSSE...

...J'ADORAIS JOUER AVEC MES COPAINS DANS LES DUNES DE LA PLAGE !... MAIS ELLES N'ONT PAS RÉSISTÉ À LA MONTÉE DES EAUX, DUE À LA FONTE DES PÔLES...
POUSSÉES PAR LES VAGUES, ELLES ONT RECULÉ AU FIL DES ANNÉES ET ENVAHI PEU À PEU LES RUES ET LES VILLAS, OBLIGEANT LES HABITANTS À PARTIR...
ET LE SABLE, JOUR APRÈS JOUR, A LENTEMENT ENSEVELI LA VILLE FANTÔME.
?!

NON !... NE TUEZ PAS MON FILS, MONSIEUR ! JE VOUS EN SUP-PLIE !
?!

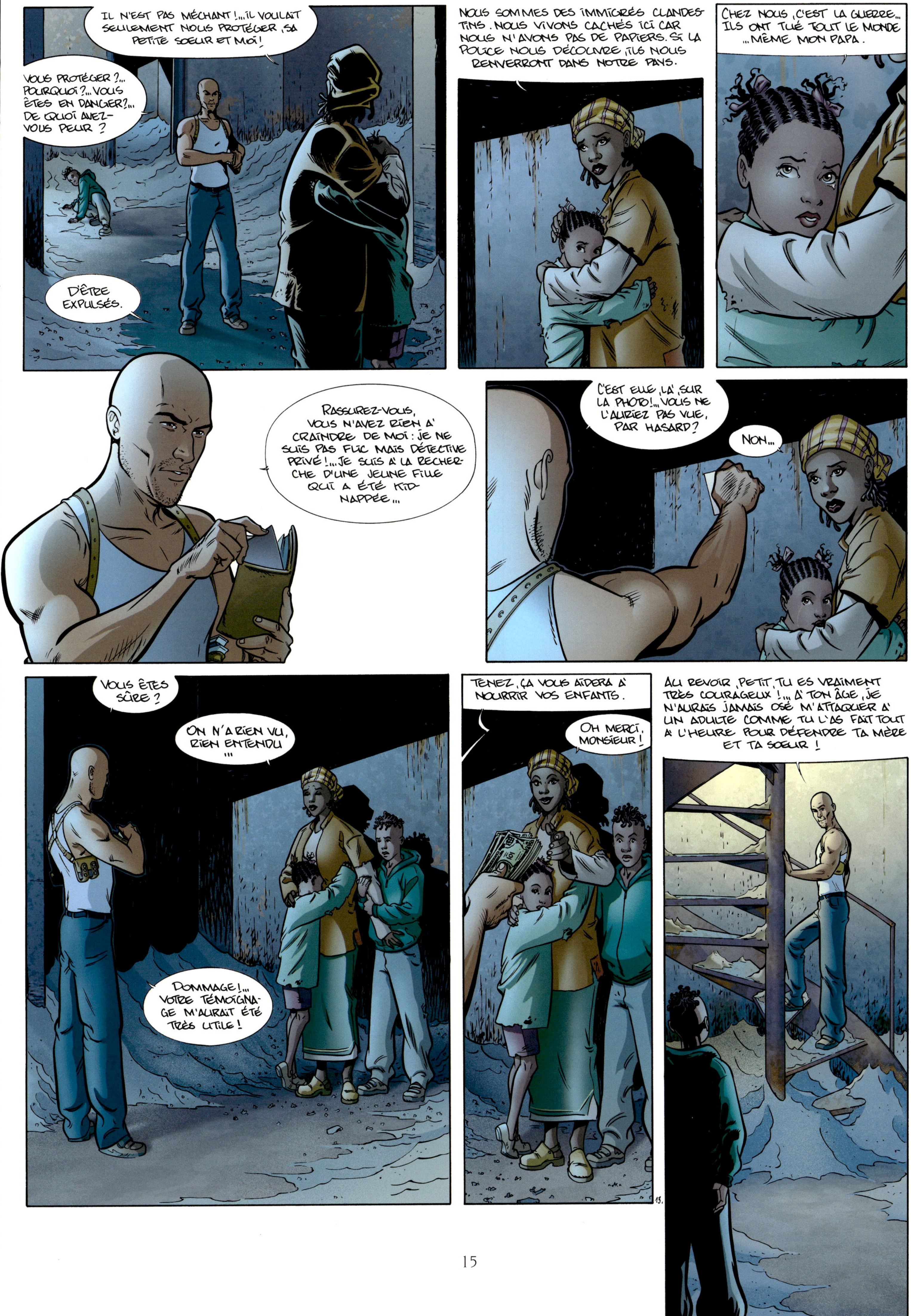
IL N'EST PAS MÉCHANT !... IL VOULAIT SEULEMENT NOUS PROTÉGER, SA PETITE SOEUR ET MOI !
VOUS PROTÉGER ?... POURQUOI ?... VOUS ÊTES EN DANGER ?... DE QUOI AVEZ-VOUS PEUR ?
D'ÊTRE EXPULSÉS.
NOUS SOMMES DES IMMIGRÉS CLANDESTINS. NOUS VIVONS CACHÉS ICI CAR NOUS N'AVONS PAS DE PAPIERS. SI LA POLICE NOUS DÉCOUVRE, ILS NOUS RENVERRONT DANS NOTRE PAYS.
CHEZ NOUS, C'EST LA GUERRE... ILS ONT TUÉ TOUT LE MONDE ... MÊME MON PAPA.
RASSUREZ-VOUS, VOUS N'AVEZ RIEN À CRAINDRE DE MOI : JE NE SUIS PAS FLIC MAIS DÉTECTIVE PRIVÉ !... JE SUIS À LA RECHERCHE D'UNE JEUNE FILLE QUI A ÉTÉ KIDNAPPÉE...
C'EST ELLE, LÀ, SUR LA PHOTO !... VOUS NE L'AURIEZ PAS VUE, PAR HASARD ?
NON...
VOUS ÊTES SÛRE ?
ON N'A RIEN VU, RIEN ENTENDU ...
DOMMAGE !... VOTRE TÉMOIGNAGE M'AURAIT ÉTÉ TRÈS UTILE !
TENEZ, ÇA VOUS AIDERA À NOURRIR VOS ENFANTS.
OH MERCI, MONSIEUR !
AU REVOIR, PETIT, TU ES VRAIMENT TRÈS COURAGEUX !... À TON ÂGE, JE N'AURAIS JAMAIS OSÉ M'ATTAQUER À UN ADULTE COMME TU L'AS FAIT TOUT À L'HEURE POUR DÉFENDRE TA MÈRE ET TA SOEUR !
13.

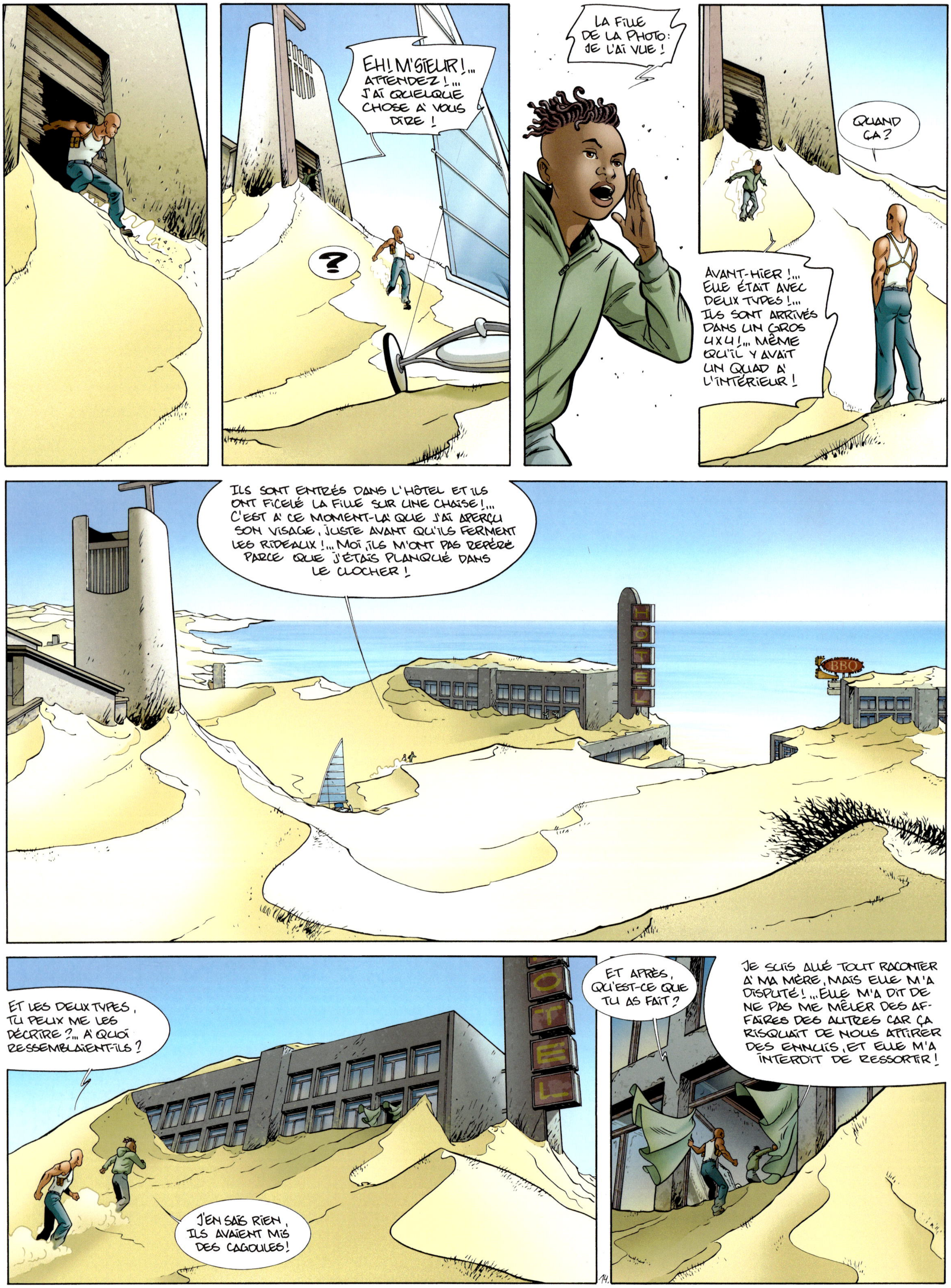
EH ! M'SIEUR !... ATTENDEZ !... J'AI QUELQUE CHOSE À VOUS DIRE !
?
LA FILLE DE LA PHOTO : JE L'AI VUE !
QUAND ÇA ?
AVANT-HIER !... ELLE ÉTAIT AVEC DEUX TYPES !... ILS SONT ARRIVÉS DANS UN GROS 4X4 !... MÊME QU'IL Y AVAIT UN QUAD À L'INTÉRIEUR !
ILS SONT ENTRÉS DANS L'HÔTEL ET ILS ONT FICELÉ LA FILLE SUR UNE CHAISE !... C'EST À CE MOMENT-LÀ QUE J'AI APERÇU SON VISAGE, JUSTE AVANT QU'ILS FERMENT LES RIDEAUX !... MOI, ILS M'ONT PAS REPÉRÉ PARCE QUE J'ÉTAIS PLANQUÉ DANS LE CLOCHER !
HÔTEL
BBQ
ET LES DEUX TYPES, TU PEUX ME LES DÉCRIRE ?... À QUOI RESSEMBLAIENT-ILS ?
J'EN SAIS RIEN, ILS AVAIENT MIS DES CAGOULES !
ET APRÈS, QU'EST-CE QUE TU AS FAIT ?
JE SUIS ALLÉ TOUT RACONTER À MA MÈRE, MAIS ELLE M'A DISPUTÉ !... ELLE M'A DIT DE NE PAS ME MÊLER DES AFFAIRES DES AUTRES CAR ÇA RISQUAIT DE NOUS ATTIRER DES ENNUIS, ET ELLE M'A INTERDIT DE RESSORTIR !

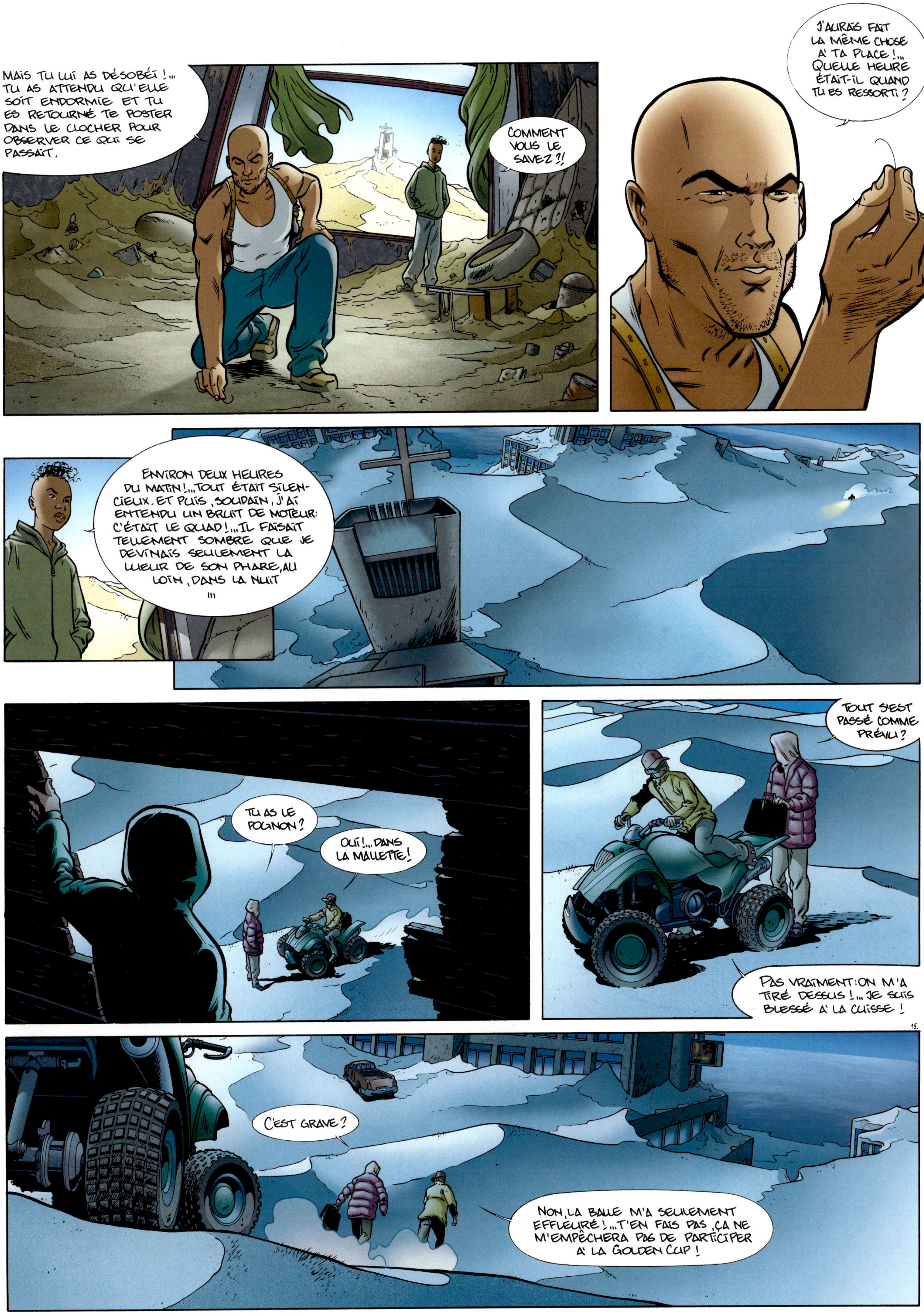
MAIS TU LUI AS DÉSOBÉI !... TU AS ATTENDU QU'ELLE SOIT ENDORMIE ET TU ES RETOURNÉ TE POSTER DANS LE CLOCHER POUR OBSERVER CE QUI SE PASSAIT.
COMMENT VOUS LE SAVEZ ?!
J'AURAIS FAIT LA MÊME CHOSE À TA PLACE !... QUELLE HEURE ÉTAIT-IL QUAND TU ES RESSORTI ?
ENVIRON DEUX HEURES DU MATIN !... TOUT ÉTAIT SILENCIEUX. ET PUIS, SOUDAIN, J'AI ENTENDU UN BRUIT DE MOTEUR : C'ÉTAIT LE QUAD !... IL FAISAIT TELLEMENT SOMBRE QUE JE DEVINAIS SEULEMENT LA LUEUR DE SON PHARE, AU LOIN, DANS LA NUIT ...
TU AS LE POGNON ?
OUI !... DANS LA MALLETTE !
TOUT S'EST PASSÉ COMME PRÉVU ?
PAS VRAIMENT : ON M'A TIRÉ DESSUS !... JE SUIS BLESSÉ À LA CUISSE !
C'EST GRAVE ?
NON, LA BALLE M'A SEULEMENT EFFLEURÉ !... T'EN FAIS PAS, ÇA NE M'EMPÊCHERA PAS DE PARTICIPER À LA GOLDEN CUP !

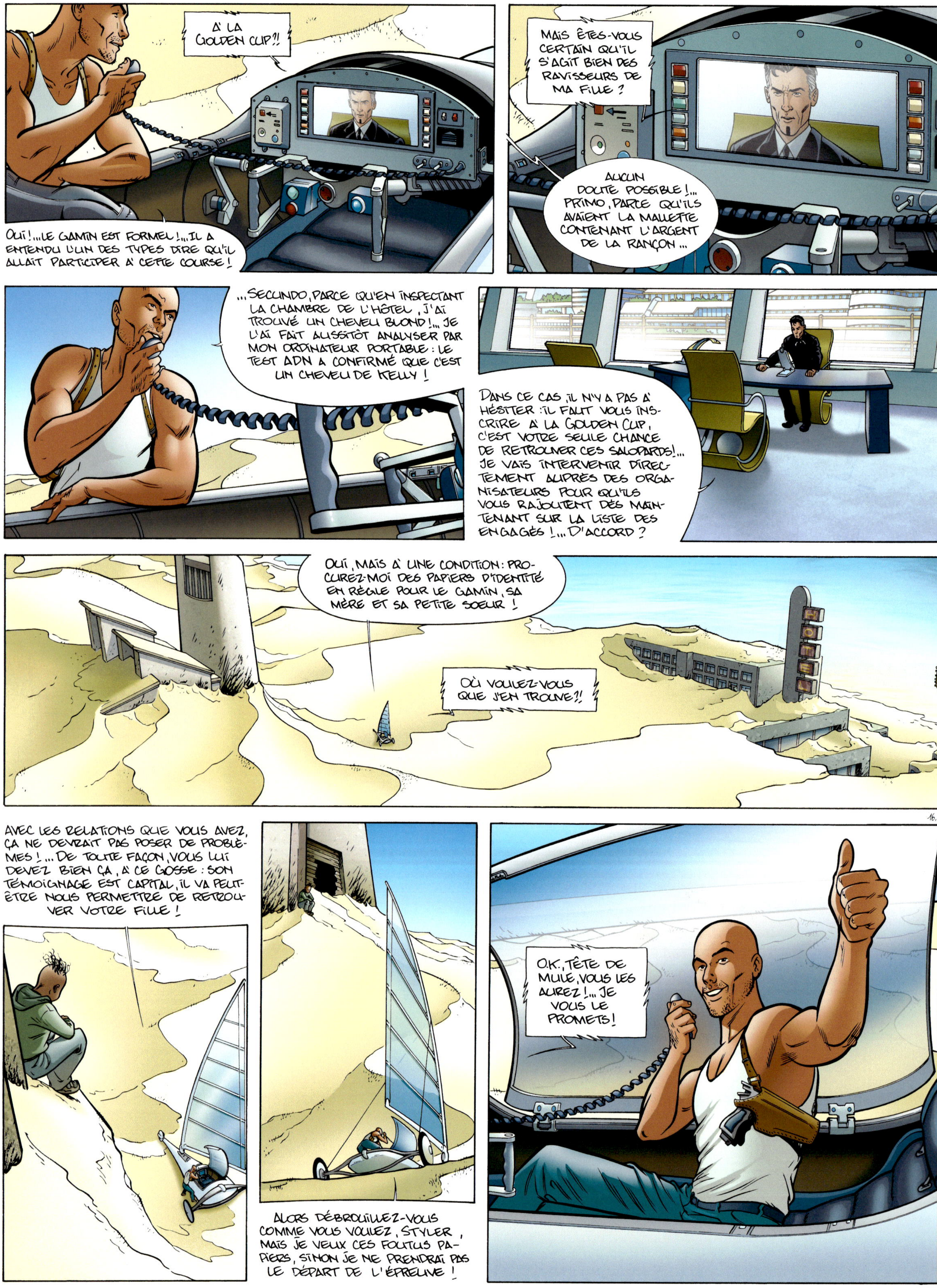
À LA GOLDEN CUP?!
OUI!... LE GAMIN EST FORMEL!... IL A ENTENDU L'UN DES TYPES DIRE QU'IL ALLAIT PARTICIPER À CETTE COURSE!
MAIS ÊTES-VOUS CERTAIN QU'IL S'AGIT BIEN DES RAVISSEURS DE MA FILLE?
AUCUN DOUTE POSSIBLE!... PRIMO, PARCE QU'ILS AVAIENT LA MALLETTE CONTENANT L'ARGENT DE LA RANÇON...
...SECUNDO, PARCE QU'EN INSPECTANT LA CHAMBRE DE L'HÔTEL, J'AI TROUVÉ UN CHEVEU BLOND!... JE L'AI FAIT AUSSITÔT ANALYSER PAR MON ORDINATEUR PORTABLE: LE TEST ADN A CONFIRMÉ QUE C'EST UN CHEVEU DE KELLY!
DANS CE CAS, IL N'Y A PAS À HÉSITER: IL FAUT VOUS INSCRIRE À LA GOLDEN CUP, C'EST VOTRE SEULE CHANCE DE RETROUVER CES SALOPARDS!... JE VAIS INTERVENIR DIRECTEMENT AUPRÈS DES ORGANISATEURS POUR QU'ILS VOUS RAJOUTENT DÈS MAINTENANT SUR LA LISTE DES ENGAGÉS!... D'ACCORD?
OUI, MAIS À UNE CONDITION: PROCUREZ-MOI DES PAPIERS D'IDENTITÉ EN RÈGLE POUR LE GAMIN, SA MÈRE ET SA PETITE SOEUR!
OÙ VOULEZ-VOUS QUE J'EN TROUVE?!
HOTEL
AVEC LES RELATIONS QUE VOUS AVEZ, ÇA NE DEVRAIT PAS POSER DE PROBLÈMES!... DE TOUTE FAÇON, VOUS LUI DEVEZ BIEN ÇA, À CE GOSSE: SON TÉMOIGNAGE EST CAPITAL, IL VA PEUT-ÊTRE NOUS PERMETTRE DE RETROUVER VOTRE FILLE!
ALORS DÉBROUILLEZ-VOUS COMME VOUS VOULEZ, STYLER, MAIS JE VEUX CES FOUTUS PAPIERS, SINON JE NE PRENDRAI PAS LE DÉPART DE L'ÉPREUVE!
O.K., TÊTE DE MULE, VOUS LES AUREZ!... JE VOUS LE PROMETS!

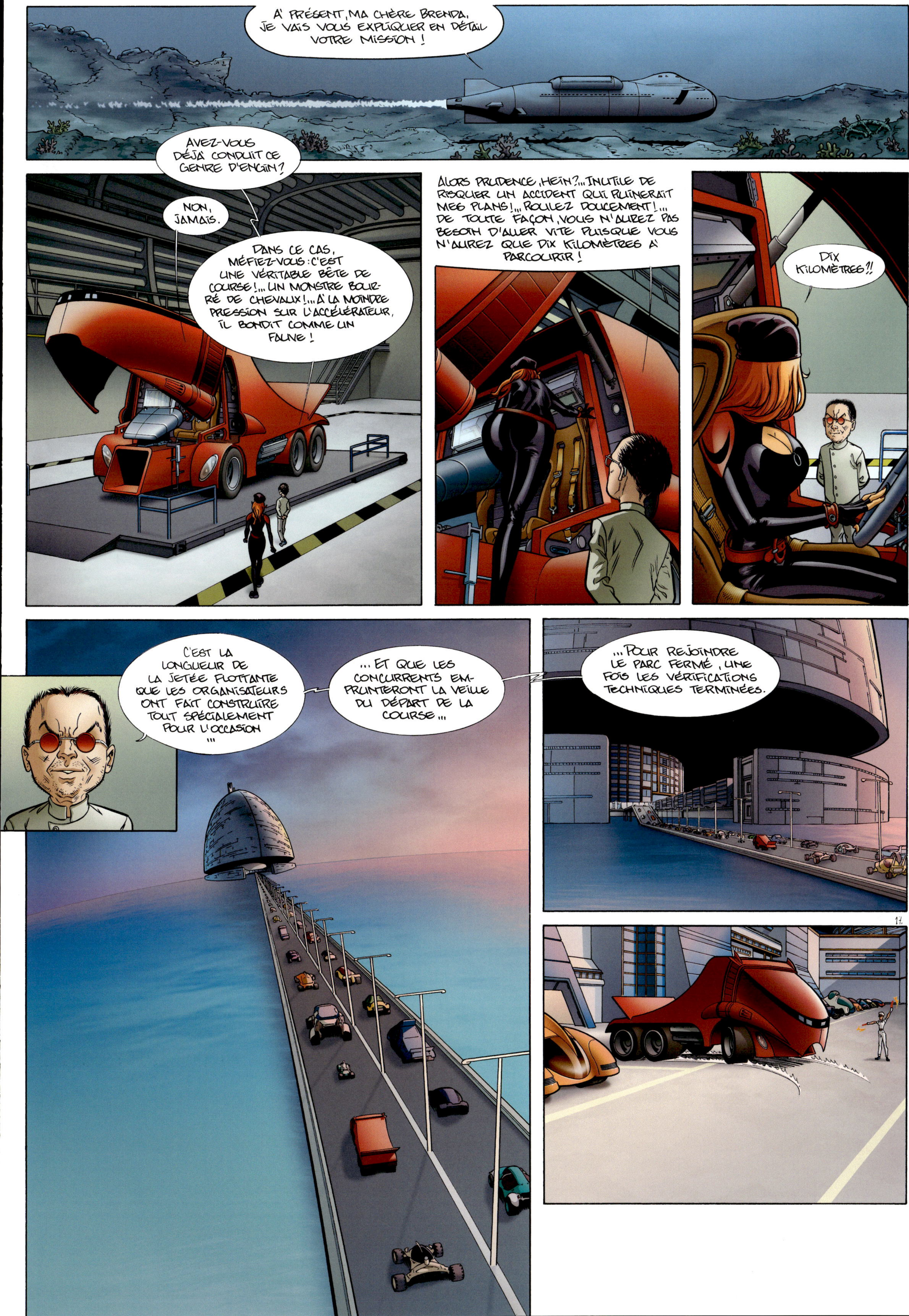
À PRÉSENT, MA CHÈRE BRENDA, JE VAIS VOUS EXPLIQUER EN DÉTAIL VOTRE MISSION !
AVEZ-VOUS DÉJÀ CONDUIT CE GENRE D'ENGIN ?
NON, JAMAIS.
DANS CE CAS, MÉFIEZ-VOUS : C'EST UNE VÉRITABLE BÊTE DE COURSE !... UN MONSTRE BOURRÉ DE CHEVAUX !... À LA MOINDRE PRESSION SUR L'ACCÉLÉRATEUR, IL BONDIT COMME UN FAUVE !
ALORS PRUDENCE, HEIN ?... INUTILE DE RISQUER UN ACCIDENT QUI RUINERAIT MES PLANS !... ROULEZ DOUCEMENT !... DE TOUTE FAÇON, VOUS N'AUREZ PAS BESOIN D'ALLER VITE PUISQUE VOUS N'AUREZ QUE DIX KILOMÈTRES À PARCOURIR !
DIX KILOMÈTRES ?!
C'EST LA LONGUEUR DE LA JETÉE FLOTTANTE QUE LES ORGANISATEURS ONT FAIT CONSTRUIRE TOUT SPÉCIALEMENT POUR L'OCCASION...
... ET QUE LES CONCURRENTS EMPRUNTERONT LA VEILLE DU DÉPART DE LA COURSE...
... POUR REJOINDRE LE PARC FERMÉ, UNE FOIS LES VÉRIFICATIONS TECHNIQUES TERMINÉES.

BRENDA !
?!
DAYTONA !
ÇA ALORS, QUELLE SURPRISE !... JE NE M'ATTENDAIS PAS À TE TROUVER ICI !
MOI NON PLUS !... JE SAVAIS PAS QUE TU T'ÉTAIS ENGAGÉE À LA GOLDEN CUP !
ET TOI ?... TU T'ES INSCRIT AUSSI À LA COURSE ?
OUI ! ... JE PILOTE UNE BAGNOLE CONSTRUITE PAR UN TYPE GÉNIAL ! ... ELLE EST GARÉE LÀ-BAS, À L'AUTRE BOUT DU PARC FERMÉ ! ... TU VEUX LA VOIR ?
DÉSOLÉE, J'AI PAS LE TEMPS : JE DOIS RETOURNER AU PLUS VITE SUR LE CONTINENT CAR QUELQU'UN M'ATTEND !... MAIS DIS-MOI : TU COUCHES OÙ, CETTE NUIT ?
DANS UN PETIT MOTEL, À TRENTE BORNES D'ICI !... J'AI PAS LES MOYENS DE ME PAYER UNE SUITE DANS UN DES PALACES DE GOLDEN CITY !
HEUREUSEMENT POUR TOI !
POURQUOI TU DIS ÇA ?
POUR RIEN.

SALUT, BEAU BRUN !... ÇA M'A FAIT PLAISIR DE TE REVOIR !
C'EST STIRLING QUI T'ENVOIE ?
OUI !... IL M'A CHARGÉE DE TE RACCOMPAGNER AU MOTEL, DES FOIS QUE TU FERAIS DES MAUVAISES RENCONTRES EN ROUTE !
C'EST QUI, CELLE-LÀ ?
UNE COPINE !
TU LA CONNAIS DEPUIS LONGTEMPS ?
LE MOIS DERNIER !... ELLE M'A PRIS EN STOP QUAND JE REVENAIS DE NEW YORK.*
ELLE SE FRINGUE TOUJOURS COMME ÇA ?
J'EN SAIS RIEN !... POURQUOI ?
LE CUIR, ÇA FAIT VULGAIRE !... SURTOUT QUAND ON EST GROSSE !
T'EXAGÈRES !... ELLE EST PAS GROSSE !... MOI, ELLE ME PLAIT BIEN !
JE VOIS VRAIMENT PAS CE QUE TU LUI TROUVES !... REMARQUE, SI T'AIMES LES PÉTASSES, ÇA TE REGARDE !

* LIRE TOME 1.

TOUT S'EST PASSÉ COMME PRÉVU ?
OUI.
PARFAIT !... JE VOUS REMETTRAI VOTRE ARGENT TOUT À L'HEURE !
MAIS AUPARAVANT, MA CHÈRE BRENDA, JE VOUS INVITE À UN SPECTACLE GRANDIOSE !...
VOUS ALLEZ ASSISTER, EN DIRECT, À MON TRIOMPHE !
JE VAIS DÉTRUIRE SOUS VOS YEUX... GOLDEN CITY !

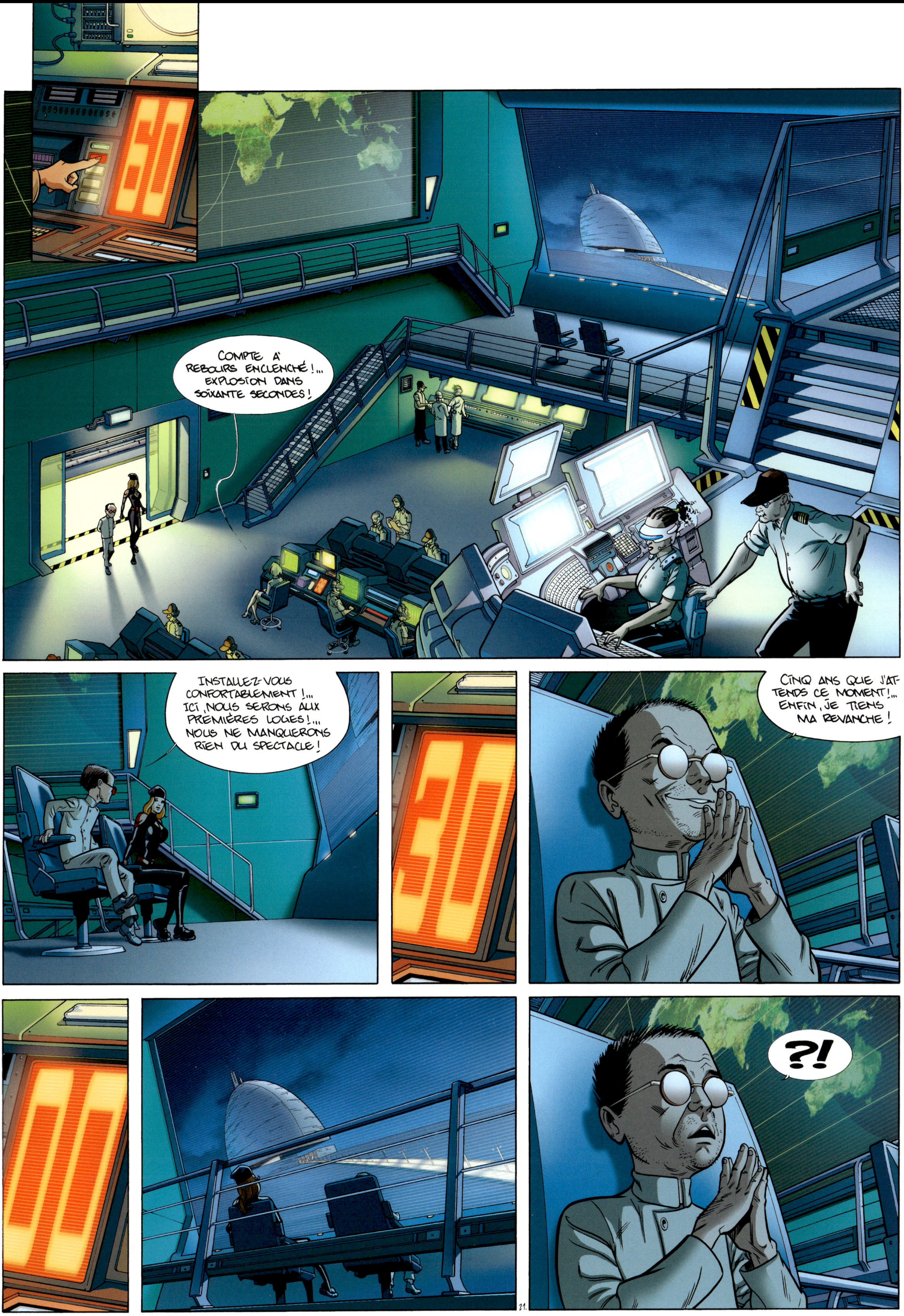
60
COMPTE À REBOURS ENCLENCHÉ !... EXPLOSION DANS SOIXANTE SECONDES !
INSTALLEZ-VOUS CONFORTABLEMENT !... ICI, NOUS SERONS AUX PREMIÈRES LOGES !... NOUS NE MANQUERONS RIEN DU SPECTACLE !
30
CINQ ANS QUE J'ATTENDS CE MOMENT !... ENFIN, JE TIENS MA REVANCHE !
00
?!

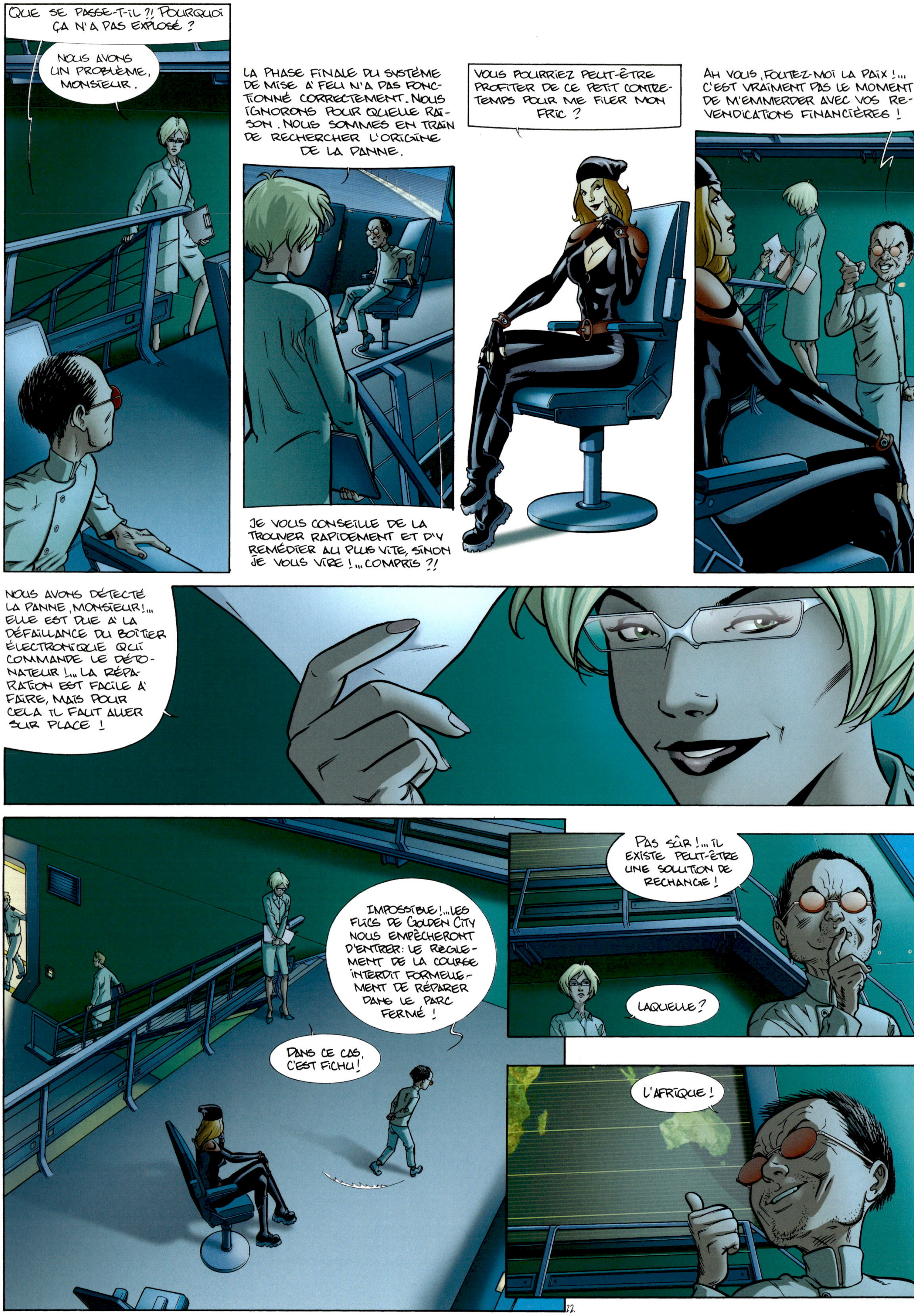
QUE SE PASSE-T-IL ?! POURQUOI ÇA N'A PAS EXPLOSÉ ?
NOUS AVONS UN PROBLÈME, MONSIEUR.
LA PHASE FINALE DU SYSTÈME DE MISE À FEU N'A PAS FONCTIONNÉ CORRECTEMENT. NOUS IGNORONS POUR QUELLE RAISON. NOUS SOMMES EN TRAIN DE RECHERCHER L'ORIGINE DE LA PANNE.
JE VOUS CONSEILLE DE LA TROUVER RAPIDEMENT ET D'Y REMÉDIER AU PLUS VITE, SINON JE VOUS VIRE !... COMPRIS ?!
VOUS POURRIEZ PEUT-ÊTRE PROFITER DE CE PETIT CONTRETEMPS POUR ME FILER MON FRIC ?
AH VOUS, FOUTEZ-MOI LA PAIX !... C'EST VRAIMENT PAS LE MOMENT DE M'EMMERDER AVEC VOS REVENDICATIONS FINANCIÈRES !
NOUS AVONS DÉTECTÉ LA PANNE, MONSIEUR !... ELLE EST DUE À LA DÉFAILLANCE DU BOÎTIER ÉLECTRONIQUE QUI COMMANDE LE DÉTONATEUR !... LA RÉPARATION EST FACILE À FAIRE, MAIS POUR CELA IL FAUT ALLER SUR PLACE !
IMPOSSIBLE !... LES FLICS DE GOLDEN CITY NOUS EMPÊCHERONT D'ENTRER: LE RÈGLEMENT DE LA COURSE INTERDIT FORMELLEMENT DE RÉPARER DANS LE PARC FERMÉ !
DANS CE CAS, C'EST FICHU !
PAS SÛR !... IL EXISTE PEUT-ÊTRE UNE SOLUTION DE RECHANGE !
LAQUELLE ?
L'AFRIQUE !

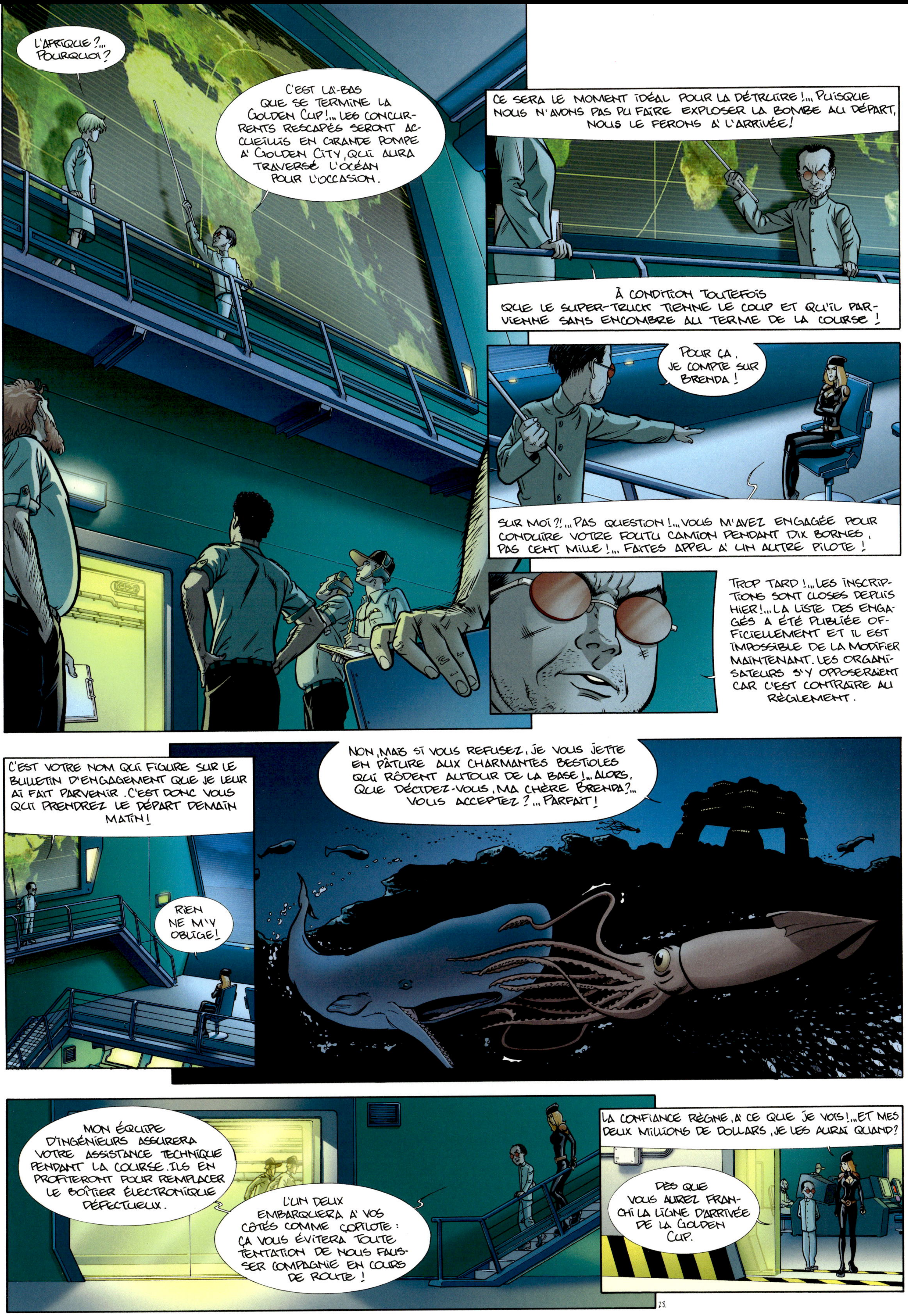
L'AFRIQUE ?... POURQUOI ?
C'EST LÀ-BAS QUE SE TERMINE LA GOLDEN CUP !... LES CONCURRENTS RESCAPÉS SERONT ACCUEILLIS EN GRANDE POMPE À GOLDEN CITY, QUI AURA TRAVERSÉ L'OCÉAN POUR L'OCCASION.
CE SERA LE MOMENT IDÉAL POUR LA DÉTRUIRE !... PUISQUE NOUS N'AVONS PAS PU FAIRE EXPLOSER LA BOMBE AU DÉPART, NOUS LE FERONS À L'ARRIVÉE !
À CONDITION TOUTEFOIS QUE LE SUPER-TRUCK TIENNE LE COUP ET QU'IL PARVIENNE SANS ENCOMBRE AU TERME DE LA COURSE !
POUR ÇA, JE COMPTE SUR BRENDA !
SUR MOI ?!... PAS QUESTION !... VOUS M'AVEZ ENGAGÉE POUR CONDUIRE VOTRE FOUTU CAMION PENDANT DIX BORNES, PAS CENT MILLE !... FAITES APPEL À UN AUTRE PILOTE !
TROP TARD !... LES INSCRIPTIONS SONT CLOSES DEPUIS HIER !... LA LISTE DES ENGAGÉS A ÉTÉ PUBLIÉE OFFICIELLEMENT ET IL EST IMPOSSIBLE DE LA MODIFIER MAINTENANT. LES ORGANISATEURS S'Y OPPOSERAIENT CAR C'EST CONTRAIRE AU RÈGLEMENT.
C'EST VOTRE NOM QUI FIGURE SUR LE BULLETIN D'ENGAGEMENT QUE JE LEUR AI FAIT PARVENIR. C'EST DONC VOUS QUI PRENDREZ LE DÉPART DEMAIN MATIN !
RIEN NE M'Y OBLIGE !
NON, MAIS SI VOUS REFUSEZ, JE VOUS JETTE EN PÂTURE AUX CHARMANTES BESTIOLES QUI RÔDENT AUTOUR DE LA BASE !... ALORS, QUE DÉCIDEZ-VOUS, MA CHÈRE BRENDA ?... VOUS ACCEPTEZ ?... PARFAIT !
MON ÉQUIPE D'INGÉNIEURS ASSURERA VOTRE ASSISTANCE TECHNIQUE PENDANT LA COURSE. ILS EN PROFITERONT POUR REMPLACER LE BOÎTIER ÉLECTRONIQUE DÉFECTUEUX.
L'UN DEUX EMBARQUERA À VOS CÔTÉS COMME COPILOTE : ÇA VOUS ÉVITERA TOUTE TENTATION DE NOUS FAUSSER COMPAGNIE EN COURS DE ROUTE !
LA CONFIANCE RÈGNE, À CE QUE JE VOIS !... ET MES DEUX MILLIONS DE DOLLARS, JE LES AURAI QUAND ?
DÈS QUE VOUS AUREZ FRANCHI LA LIGNE D'ARRIVÉE DE LA GOLDEN CUP.
23.

BIENVENUE À GOLDEN CITY !... DANS QUELQUES INSTANTS, LE DÉPART DE LA GOLDEN CUP SERA DONNÉ PAR MADAME BANKS, MAIRE DE LA VILLE.
MADAME BANKS, POURQUOI AVEZ-VOUS DÉCIDÉ D'ORGANISER CETTE FANTASTIQUE COURSE AUTOUR DU MONDE ?
POUR CÉLÉBRER LES DIX ANS D'EXISTENCE DE GOLDEN CITY !
GOLDEN CUP
CETTE ÉPREUVE EST TRÈS RICHEMENT DOTÉE !... LES CONCURRENTS QUI PARVIENDRONT À REJOINDRE L'ARRIVÉE EMPOCHERONT TOUS UN JOLI PACTOLE !... CERTAINS DE VOS DÉTRACTEURS PARLENT DÉJÀ DE « COURSE AU FRIC » !... QUE LEUR RÉPONDEZ-VOUS ?
QU'ILS ONT TORT !... LA GOLDEN CUP EST, AVANT TOUT, UNE FORMIDABLE AVENTURE HUMAINE, OUVERTE À TOUTES ET À TOUS !... AUX PROFESSIONNELS COMME AUX AMATEURS !

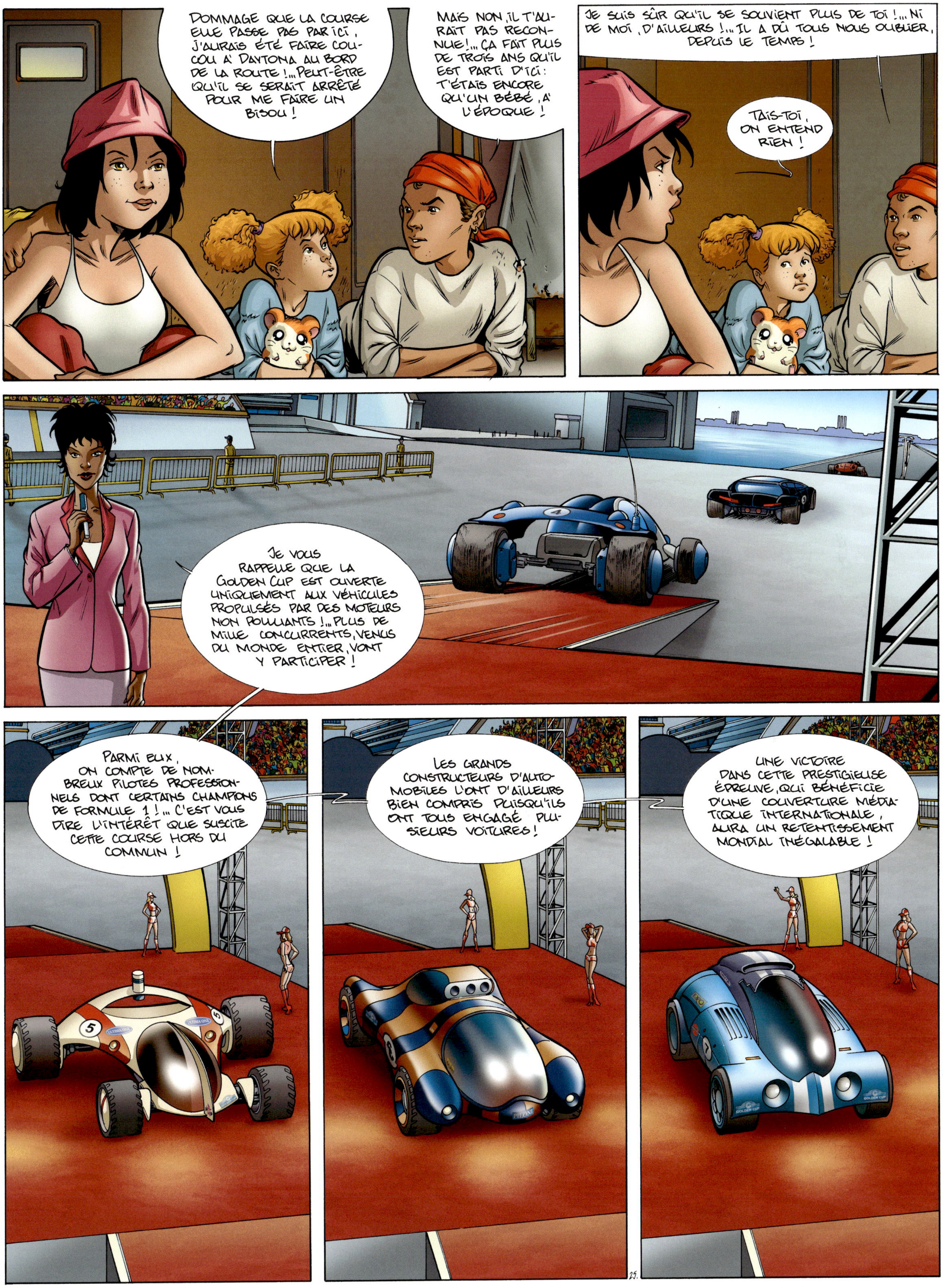
DOMMAGE QUE LA COURSE ELLE PASSE PAS PAR ICI, J'AURAIS ÉTÉ FAIRE COUCOU À DAYTONA AU BORD DE LA ROUTE !... PEUT-ÊTRE QU'IL SE SERAIT ARRÊTÉ POUR ME FAIRE UN BISOU !
MAIS NON, IL T'AURAIT PAS RECONNUE !... ÇA FAIT PLUS DE TROIS ANS QU'IL EST PARTI D'ICI : T'ÉTAIS ENCORE QU'UN BÉBÉ, À L'ÉPOQUE !
JE SUIS SÛR QU'IL SE SOUVIENT PLUS DE TOI !... NI DE MOI, D'AILLEURS !... IL A DÛ TOUS NOUS OUBLIER, DEPUIS LE TEMPS !
TAIS-TOI, ON ENTEND RIEN !
JE VOUS RAPPELLE QUE LA GOLDEN CUP EST OUVERTE UNIQUEMENT AUX VÉHICULES PROPULSÉS PAR DES MOTEURS NON POLLUANTS !... PLUS DE MILLE CONCURRENTS, VENUS DU MONDE ENTIER, VONT Y PARTICIPER !
PARMI EUX, ON COMPTE DE NOMBREUX PILOTES PROFESSIONNELS DONT CERTAINS CHAMPIONS DE FORMULE 1 !... C'EST VOUS DIRE L'INTÉRÊT QUE SUSCITE CETTE COURSE HORS DU COMMUN !
LES GRANDS CONSTRUCTEURS D'AUTOMOBILES L'ONT D'AILLEURS BIEN COMPRIS PUISQU'ILS ONT TOUS ENGAGÉ PLUSIEURS VOITURES !
UNE VICTOIRE DANS CETTE PRESTIGIEUSE ÉPREUVE, QUI BÉNÉFICIE D'UNE COUVERTURE MÉDIATIQUE INTERNATIONALE, AURA UN RETENTISSEMENT MONDIAL INÉGALABLE !

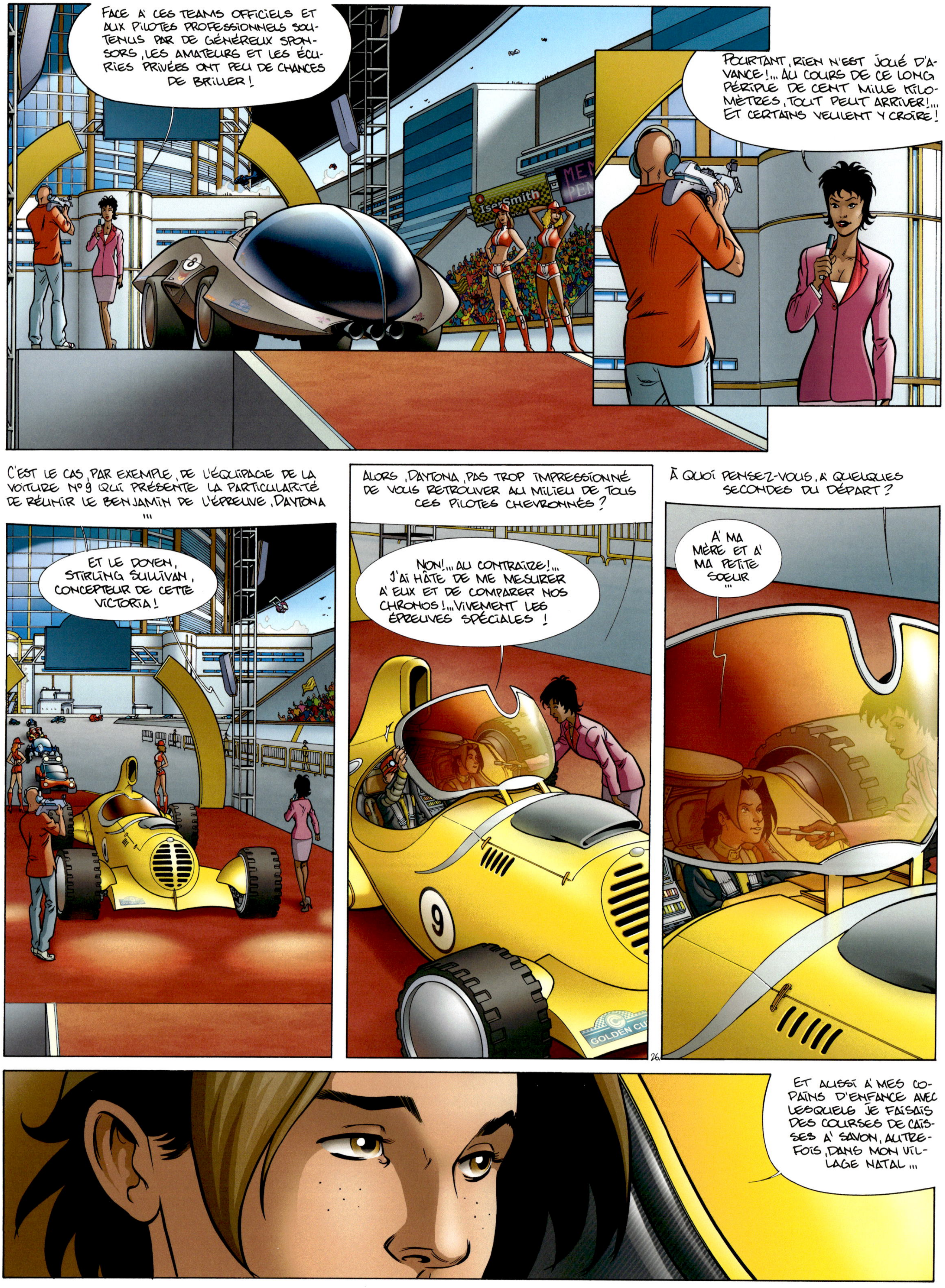
FACE À CES TEAMS OFFICIELS ET AUX PILOTES PROFESSIONNELS SOUTENUS PAR DE GÉNÉREUX SPONSORS, LES AMATEURS ET LES ÉCURIES PRIVÉES ONT PEU DE CHANCES DE BRILLER !
Isa Smith
POURTANT, RIEN N'EST JOUÉ D'AVANCE !... AU COURS DE CE LONG PÉRIPLE DE CENT MILLE KILOMÈTRES, TOUT PEUT ARRIVER !... ET CERTAINS VEULENT Y CROIRE !
C'EST LE CAS, PAR EXEMPLE, DE L'ÉQUIPAGE DE LA VOITURE N°9 QUI PRÉSENTE LA PARTICULARITÉ DE RÉUNIR LE BENJAMIN DE L'ÉPREUVE, DAYTONA ...
ET LE DOYEN, STIRLING SULLIVAN, CONCEPTEUR DE CETTE VICTORIA !
ALORS, DAYTONA, PAS TROP IMPRESSIONNÉ DE VOUS RETROUVER AU MILIEU DE TOUS CES PILOTES CHEVRONNÉS ?
NON !... AU CONTRAIRE !... J'AI HÂTE DE ME MESURER À EUX ET DE COMPARER NOS CHRONOS !... VIVEMENT LES ÉPREUVES SPÉCIALES !
À QUOI PENSEZ-VOUS, À QUELQUES SECONDES DU DÉPART ?
À MA MÈRE ET À MA PETITE SOEUR ...
ET AUSSI À MES COPAINS D'ENFANCE AVEC LESQUELS JE FAISAIS DES COURSES DE CAISSES À SAVON, AUTREFOIS, DANS MON VILLAGE NATAL ...

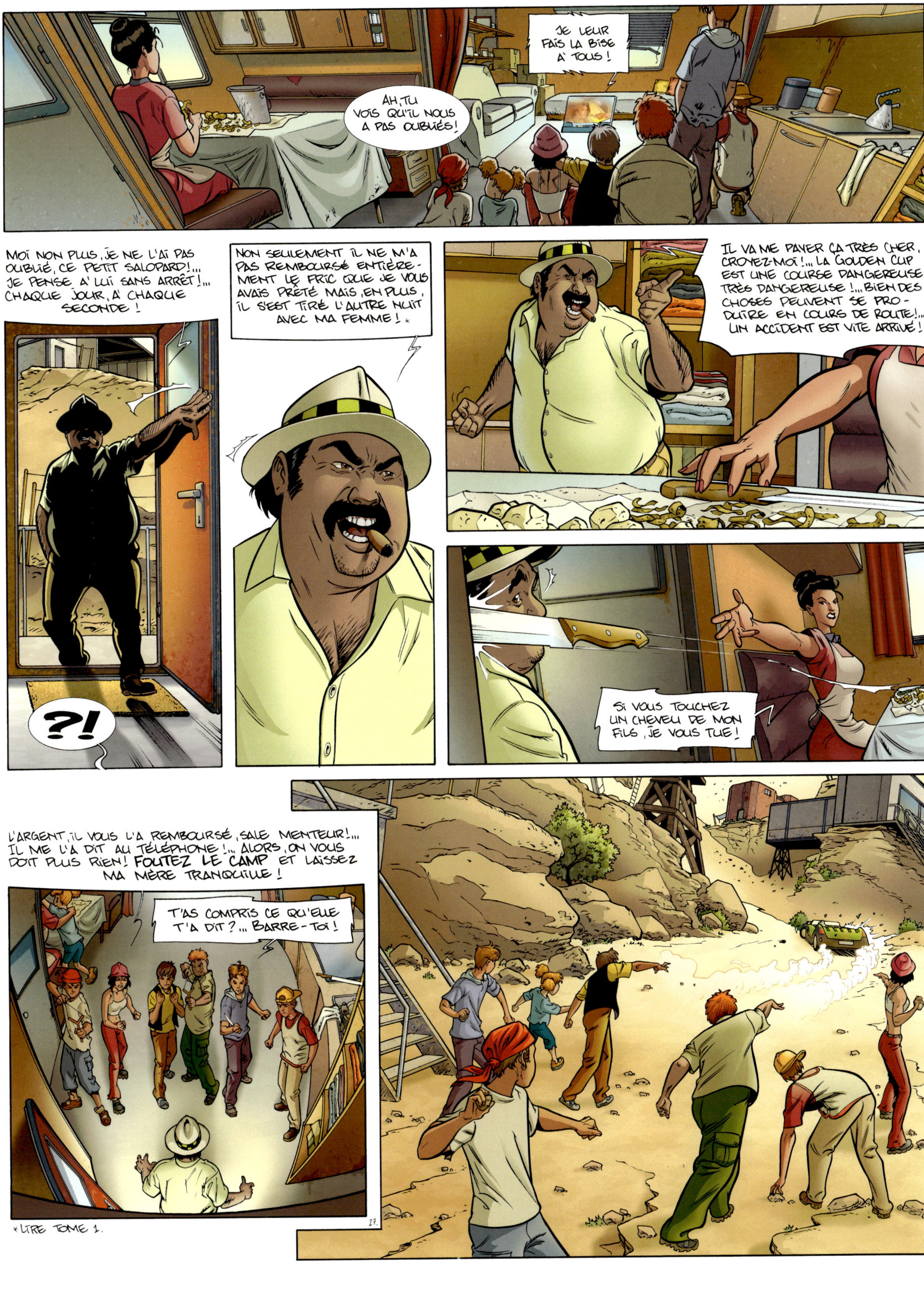
JE LEUR FAIS LA BISE À TOUS !
AH, TU VOIS QU'IL NOUS A PAS OUBLIÉS !
MOI NON PLUS, JE NE L'AI PAS OUBLIÉ, CE PETIT SALOPARD !... JE PENSE À LUI SANS ARRÊT !... CHAQUE JOUR, À CHAQUE SECONDE !
?!
NON SEULEMENT IL NE M'A PAS REMBOURSÉ ENTIÈREMENT LE FRIC QUE JE VOUS AVAIS PRÊTÉ MAIS, EN PLUS, IL S'EST TIRÉ L'AUTRE NUIT AVEC MA FEMME ! *
IL VA ME PAYER ÇA TRÈS CHER, CROYEZ-MOI !... LA GOLDEN CUP EST UNE COURSE DANGEREUSE !... TRÈS DANGEREUSE !... BIEN DES CHOSES PEUVENT SE PRODUIRE EN COURS DE ROUTE !... UN ACCIDENT EST VITE ARRIVÉ !
SI VOUS TOUCHEZ UN CHEVEU DE MON FILS, JE VOUS TUE !
L'ARGENT, IL VOUS L'A REMBOURSÉ, SALE MENTEUR !... IL ME L'A DIT AU TÉLÉPHONE !... ALORS, ON VOUS DOIT PLUS RIEN ! FOUTEZ LE CAMP ET LAISSEZ MA MÈRE TRANQUILLE !
T'AS COMPRIS CE QU'ELLE T'A DIT ?... BARRE-TOI !

* LIRE TOME 1.

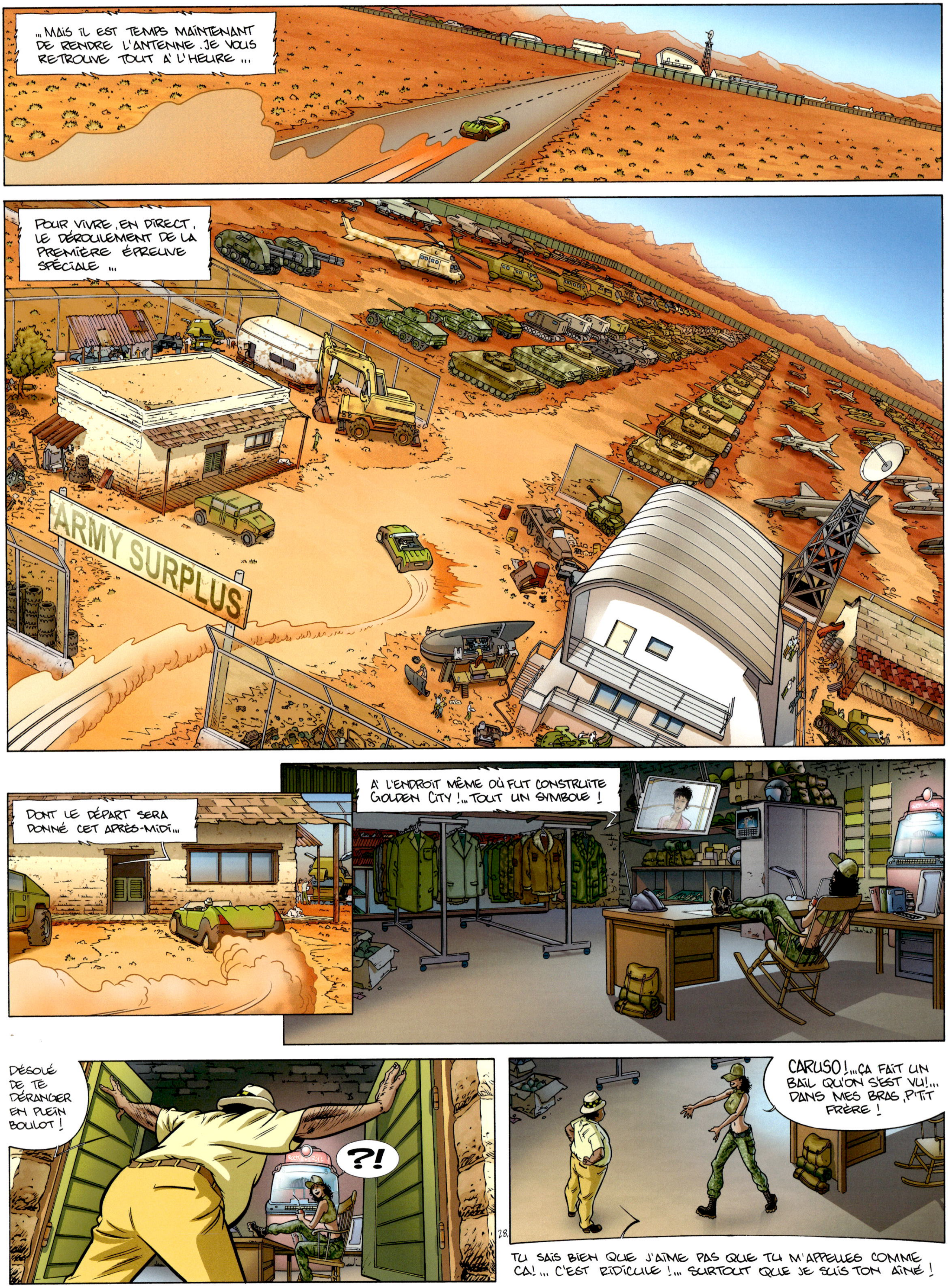

... MAIS IL EST TEMPS MAINTENANT DE RENDRE L'ANTENNE. JE VOUS RETROUVE TOUT À L'HEURE ...
POUR VIVRE, EN DIRECT, LE DÉROULEMENT DE LA PREMIÈRE ÉPREUVE SPÉCIALE ...
ARMY SURPLUS
DONT LE DÉPART SERA DONNÉ CET APRÈS-MIDI ...
À L'ENDROIT MÊME OÙ FUT CONSTRUITE GOLDEN CITY ! ... TOUT UN SYMBOLE !
DÉSOLÉ DE TE DÉRANGER EN PLEIN BOULOT !
?!
CARUSO ! ... ÇA FAIT UN BAIL QU'ON S'EST VU ! ... DANS MES BRAS, P'TIT FRÈRE !
TU SAIS BIEN QUE J'AIME PAS QUE TU M'APPELLES COMME ÇA ! ... C'EST RIDICULE ! ... SURTOUT QUE JE SUIS TON AÎNÉ !

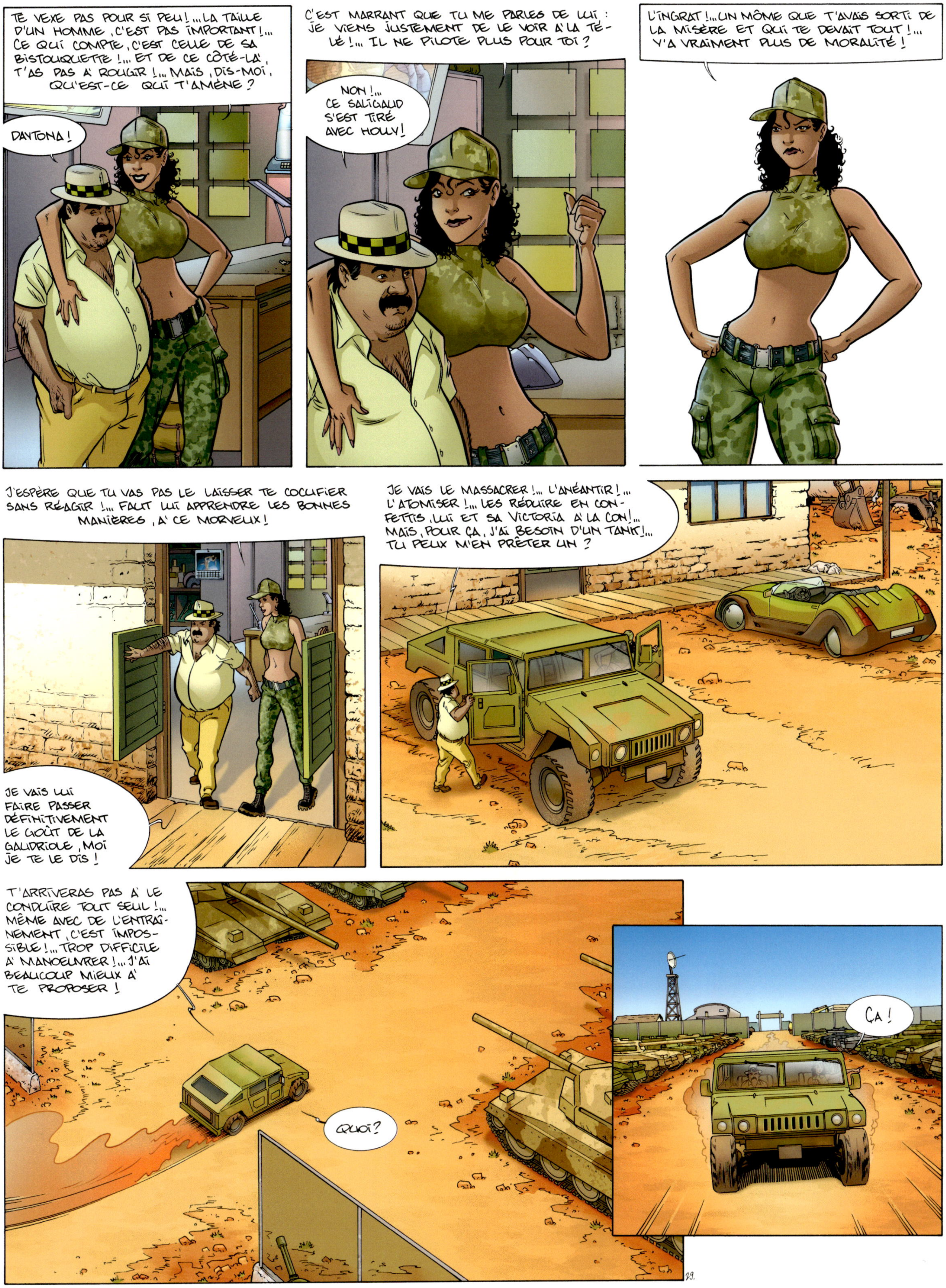

TE VEXE PAS POUR SI PEU !... LA TAILLE D'UN HOMME, C'EST PAS IMPORTANT !... CE QUI COMPTE, C'EST CELLE DE SA BISTOUQUETTE !... ET DE CE CÔTÉ-LÀ, T'AS PAS À ROUGIR !... MAIS, DIS-MOI, QU'EST-CE QUI T'AMÈNE ?
DAYTONA !
C'EST MARRANT QUE TU ME PARLES DE LUI : JE VIENS JUSTEMENT DE LE VOIR À LA TÉLÉ !... IL NE PILOTE PLUS POUR TOI ?
NON !... CE SALIGAUD S'EST TIRÉ AVEC HOLLY !
L'INGRAT !... UN MÔME QUE T'AVAIS SORTI DE LA MISÈRE ET QUI TE DEVAIT TOUT !... Y'A VRAIMENT PLUS DE MORALITÉ !
J'ESPÈRE QUE TU VAS PAS LE LAISSER TE COCUFIER SANS RÉAGIR !... FAUT LUI APPRENDRE LES BONNES MANIÈRES, À CE MORVEUX !
JE VAIS LUI FAIRE PASSER DÉFINITIVEMENT LE GOÛT DE LA GAUDRIOLE, MOI JE TE LE DIS !
JE VAIS LE MASSACRER !... L'ANÉANTIR !... L'ATOMISER !... LES RÉDUIRE EN CONFETTIS, LUI ET SA VICTORIA À LA CON !... MAIS, POUR ÇA, J'AI BESOIN D'UN TANK !... TU PEUX M'EN PRÊTER UN ?
T'ARRIVERAS PAS À LE CONDUIRE TOUT SEUL !... MÊME AVEC DE L'ENTRAÎNEMENT, C'EST IMPOSSIBLE !... TROP DIFFICILE À MANOEUVRER !... J'AI BEAUCOUP MIEUX À TE PROPOSER !
QUOI ?
ÇA !
29.

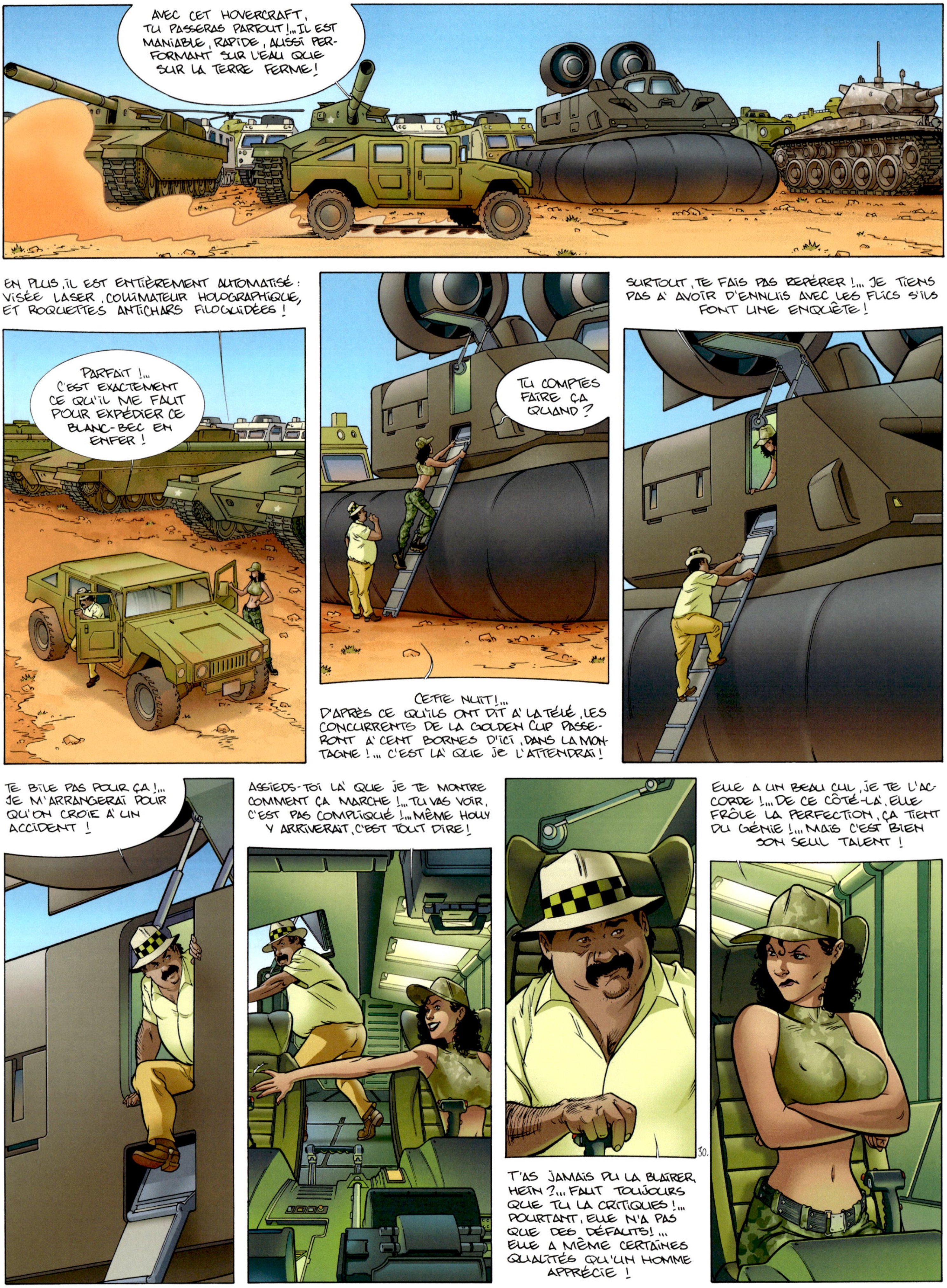
AVEC CET HOVERCRAFT, TU PASSERAS PARTOUT !... IL EST MANIABLE, RAPIDE, AUSSI PERFORMANT SUR L'EAU QUE SUR LA TERRE FERME !
EN PLUS, IL EST ENTIÈREMENT AUTOMATISÉ : VISÉE LASER, COLLIMATEUR HOLOGRAPHIQUE, ET ROQUETTES ANTICHARS FILOGUIDÉES !
PARFAIT !... C'EST EXACTEMENT CE QU'IL ME FAUT POUR EXPÉDIER CE BLANC-BEC EN ENFER !
TU COMPTES FAIRE ÇA QUAND ?
CETTE NUIT !... D'APRÈS CE QU'ILS ONT DIT À LA TÉLÉ, LES CONCURRENTS DE LA GOLDEN CUP PASSERONT À CENT BORNES D'ICI, DANS LA MONTAGNE !... C'EST LÀ QUE JE L'ATTENDRAI !
SURTOUT, TE FAIS PAS REPÉRER !... JE TIENS PAS À AVOIR D'ENNUIS AVEC LES FLICS S'ILS FONT UNE ENQUÊTE !
TE BILE PAS POUR ÇA !... JE M'ARRANGERAI POUR QU'ON CROIE À UN ACCIDENT !
ASSIEDS-TOI LÀ QUE JE TE MONTRE COMMENT ÇA MARCHE !... TU VAS VOIR, C'EST PAS COMPLIQUÉ !... MÊME HOLLY Y ARRIVERAIT, C'EST TOUT DIRE !
T'AS JAMAIS PU LA BLAIRER, HEIN ?... FAUT TOUJOURS QUE TU LA CRITIQUES !... POURTANT, ELLE N'A PAS QUE DES DÉFAUTS !... ELLE A MÊME CERTAINES QUALITÉS QU'UN HOMME APPRÉCIE !
ELLE A UN BEAU CUL, JE TE L'ACCORDE !... DE CE CÔTÉ-LÀ, ELLE FRÔLE LA PERFECTION, ÇA TIENT DU GÉNIE !... MAIS C'EST BIEN SON SEUL TALENT !

SOUVENEZ-VOUS : IL Y A QUINZE ANS, MADAME BANKS-PDG DU PUISSANT GROUPE PHARMACEUTIQUE ÉPONYME-ANNONÇAIT SON INTENTION DE BÂTIR LA PREMIÈRE CITÉ FLOTTANTE DE L'HISTOIRE DE L'HUMANITÉ !... DANS CE BUT, ELLE FIT L'ACQUISITION DE TERRES EN FRICHE QUI FURENT VIABILISÉES AFIN DE RECEVOIR LES INFRASTRUCTURES INDISPENSABLES À LA RÉALISATION DE CET AMBITIEUX PROJET...
...UN IMPOSANT COMPLEXE INDUSTRIEL VIT AINSI LE JOUR, AVEC SES DIFFÉRENTES ENTREPRISES, SES USINES, SES BUILDINGS DE BUREAUX, SES ATELIERS, SES ENTREPÔTS, SES DOCKS, SON PORT, SON AÉRODROME, SON HÉLIPORT ET, BIEN SÛR, LES HÔTELS, RESTAURANTS ET SALLES DE CINÉMA DESTINÉS AU PERSONNEL EMPLOYÉ SUR LE SITE...
...ARCHITECTES, CONSTRUCTEURS, ENTREPRENEURS, INGÉNIEURS, DÉCORATEURS, ARTISANS, OUVRIERS QUALIFIÉS VENUS DES QUATRE COINS DU MONDE UNIRENT LEURS TALENTS POUR ÉDIFIER GOLDEN CITY !... RIEN NE FUT TROP BEAU NI TROP LUXUEUX !... POUR ATTEINDRE LA PERFECTION, ON RECRUTA, DANS CHAQUE CORPS DE MÉTIER, L'ÉLITE DE LA PROFESSION...
...AU TOTAL, CINQ ANNÉES FURENT NÉCESSAIRES POUR MENER À SON TERME CE CHANTIER GIGANTESQUE AUQUEL TRAVAILLÈRENT, JOUR ET NUIT, TRENTE MILLE PERSONNES ET PLUSIEURS CENTAINES DE ROBOTS !
31.
...LE GRATIN INTERNATIONAL DES AFFAIRES, DE LA FINANCE, DE LA POLITIQUE ET DE LA JET-SET FUT INVITÉ À LA FASTUEUSE INAUGURATION DE CETTE VILLE DE RÊVE !...

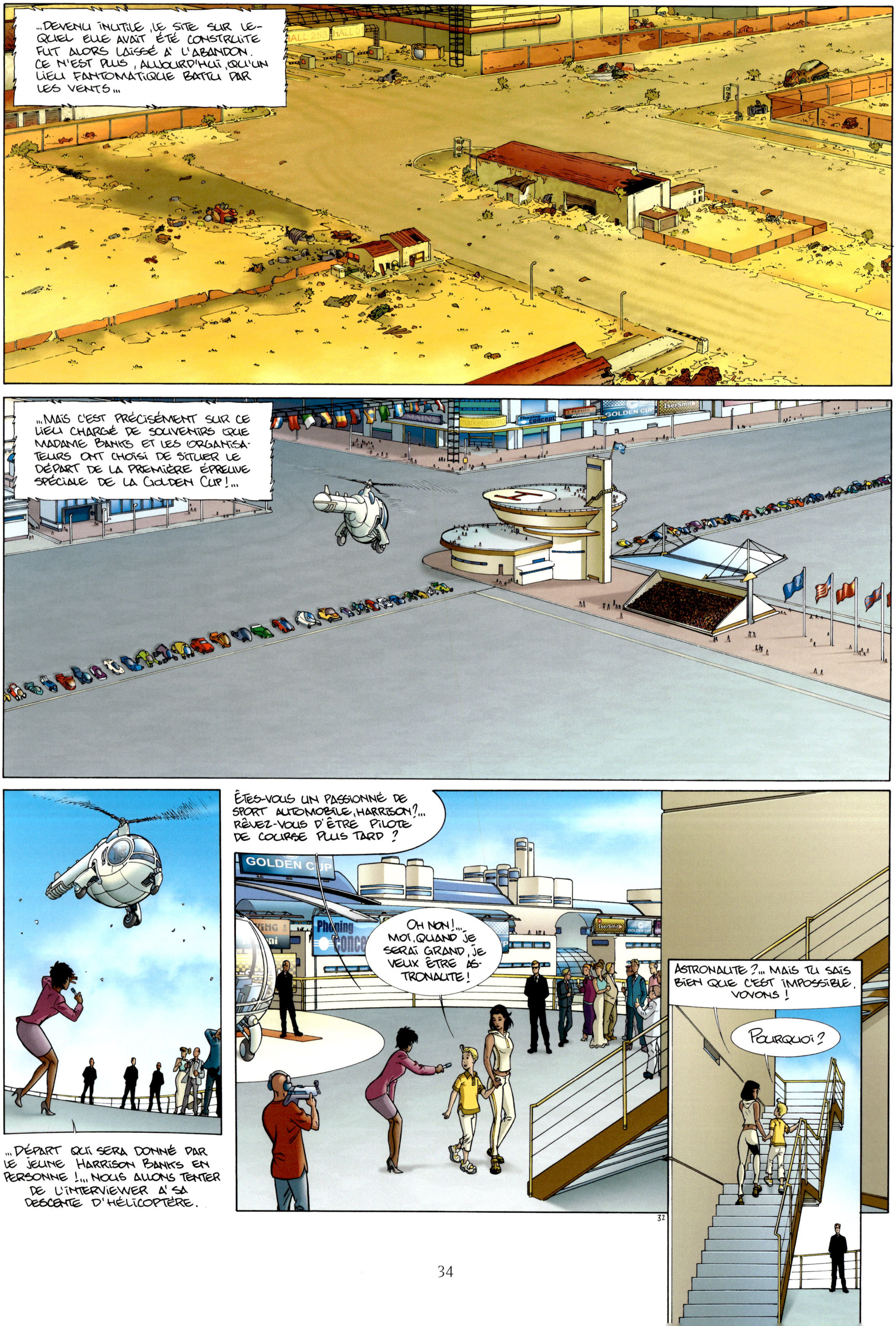
...DEVENU INUTILE, LE SITE SUR LEQUEL ELLE AVAIT ÉTÉ CONSTRUITE FUT ALORS LAISSÉ À L'ABANDON. CE N'EST PLUS, AUJOURD'HUI, QU'UN LIEU FANTOMATIQUE BATTU PAR LES VENTS...
...MAIS C'EST PRÉCISÉMENT SUR CE LIEU CHARGÉ DE SOUVENIRS QUE MADAME BANKS ET LES ORGANISATEURS ONT CHOISI DE SITUER LE DÉPART DE LA PREMIÈRE ÉPREUVE SPÉCIALE DE LA GOLDEN CUP!...
GOLDEN CUP
...DÉPART QUI SERA DONNÉ PAR LE JEUNE HARRISON BANKS EN PERSONNE!... NOUS ALLONS TENTER DE L'INTERVIEWER À SA DESCENTE D'HÉLICOPTÈRE.
ÊTES-VOUS UN PASSIONNÉ DE SPORT AUTOMOBILE, HARRISON?... RÊVEZ-VOUS D'ÊTRE PILOTE DE COURSE PLUS TARD?
GOLDEN CUP
OH NON!... MOI, QUAND JE SERAI GRAND, JE VEUX ÊTRE ASTRONAUTE!
ASTRONAUTE?... MAIS TU SAIS BIEN QUE C'EST IMPOSSIBLE, VOYONS!
POURQUOI?

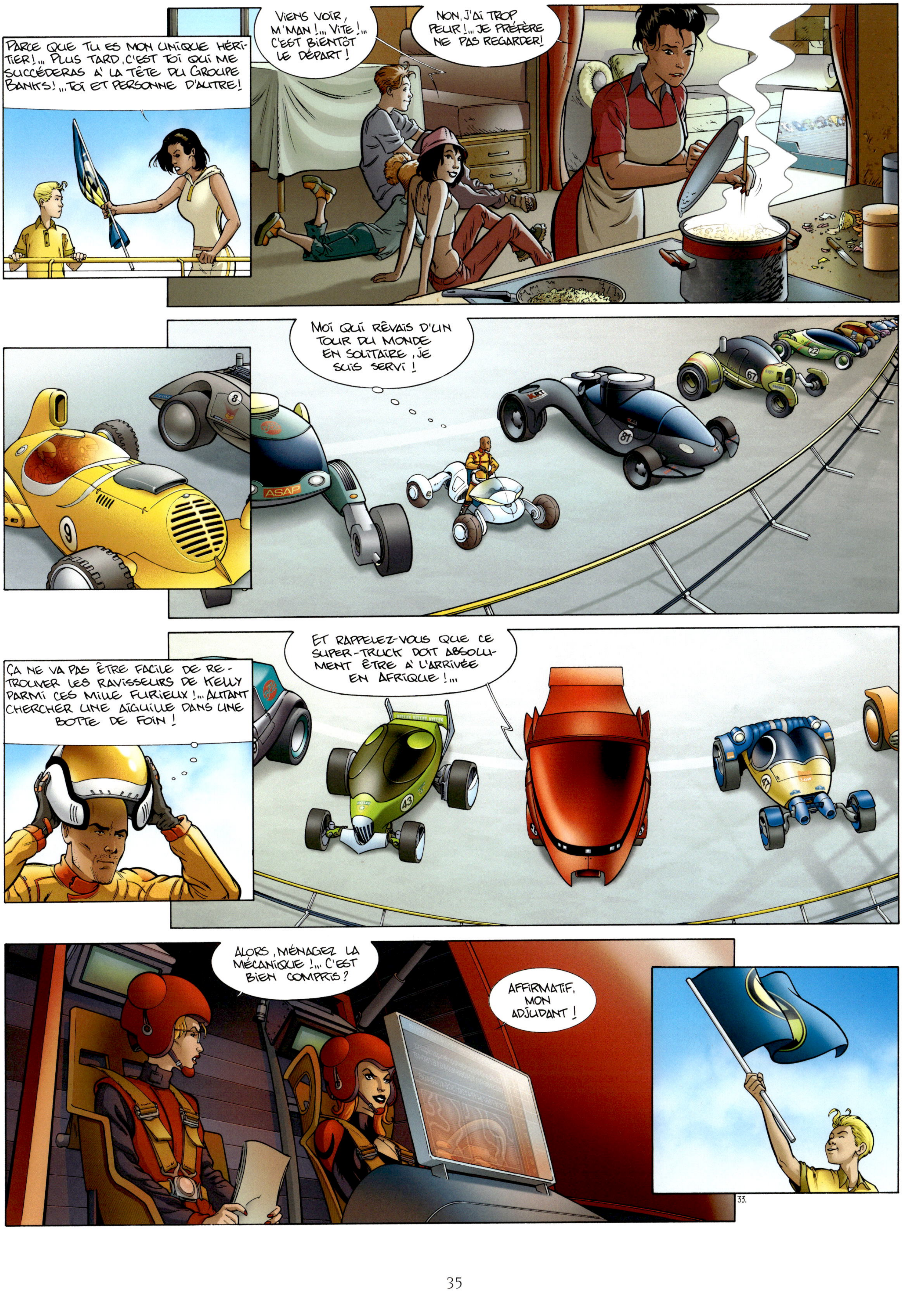

PARCE QUE TU ES MON UNIQUE HÉRITIER !... PLUS TARD, C'EST TOI QUI ME SUCCÉDERAS À LA TÊTE DU GROUPE BANKS !... TOI ET PERSONNE D'AUTRE !
VIENS VOIR, M'MAN !... VITE !... C'EST BIENTÔT LE DÉPART !
NON, J'AI TROP PEUR !... JE PRÉFÈRE NE PAS REGARDER !
MOI QUI RÊVAIS D'UN TOUR DU MONDE EN SOLITAIRE, JE SUIS SERVI !
ÇA NE VA PAS ÊTRE FACILE DE RETROUVER LES RAVISSEURS DE KELLY PARMI CES MILLE FURIEUX !... AUTANT CHERCHER UNE AIGUILLE DANS UNE BOTTE DE FOIN !
ET RAPPELEZ-VOUS QUE CE SUPER-TRUCK DOIT ABSOLUMENT ÊTRE À L'ARRIVÉE EN AFRIQUE !...
ALORS, MÉNAGEZ LA MÉCANIQUE !... C'EST BIEN COMPRIS ?
AFFIRMATIF, MON ADJUDANT !

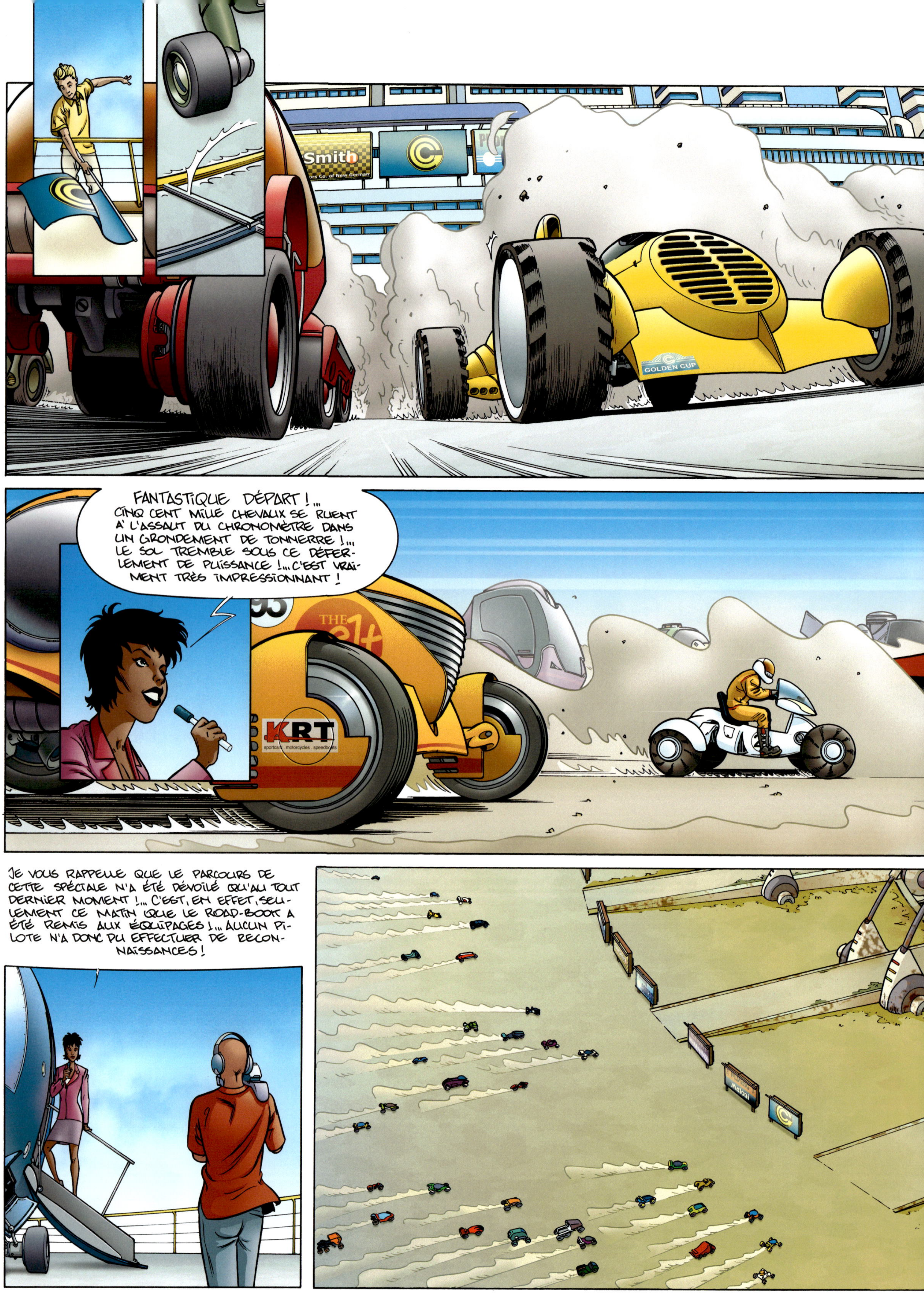
Smith
GOLDEN CUP
FANTASTIQUE DÉPART !... CINQ CENT MILLE CHEVAUX SE RUENT À L'ASSAUT DU CHRONOMÈTRE DANS UN GRONDEMENT DE TONNERRE !... LE SOL TREMBLE SOUS CE DÉFERLEMENT DE PUISSANCE !... C'EST VRAIMENT TRÈS IMPRESSIONNANT !
KRT
JE VOUS RAPPELLE QUE LE PARCOURS DE CETTE SPÉCIALE N'A ÉTÉ DÉVOILÉ QU'AU TOUT DERNIER MOMENT !... C'EST, EN EFFET, SEULEMENT CE MATIN QUE LE ROAD-BOOK A ÉTÉ REMIS AUX ÉQUIPAGES !... AUCUN PILOTE N'A DONC PU EFFECTUER DE RECONNAISSANCES !

34-35

nimroh
1 2 3 4
oil level : OK

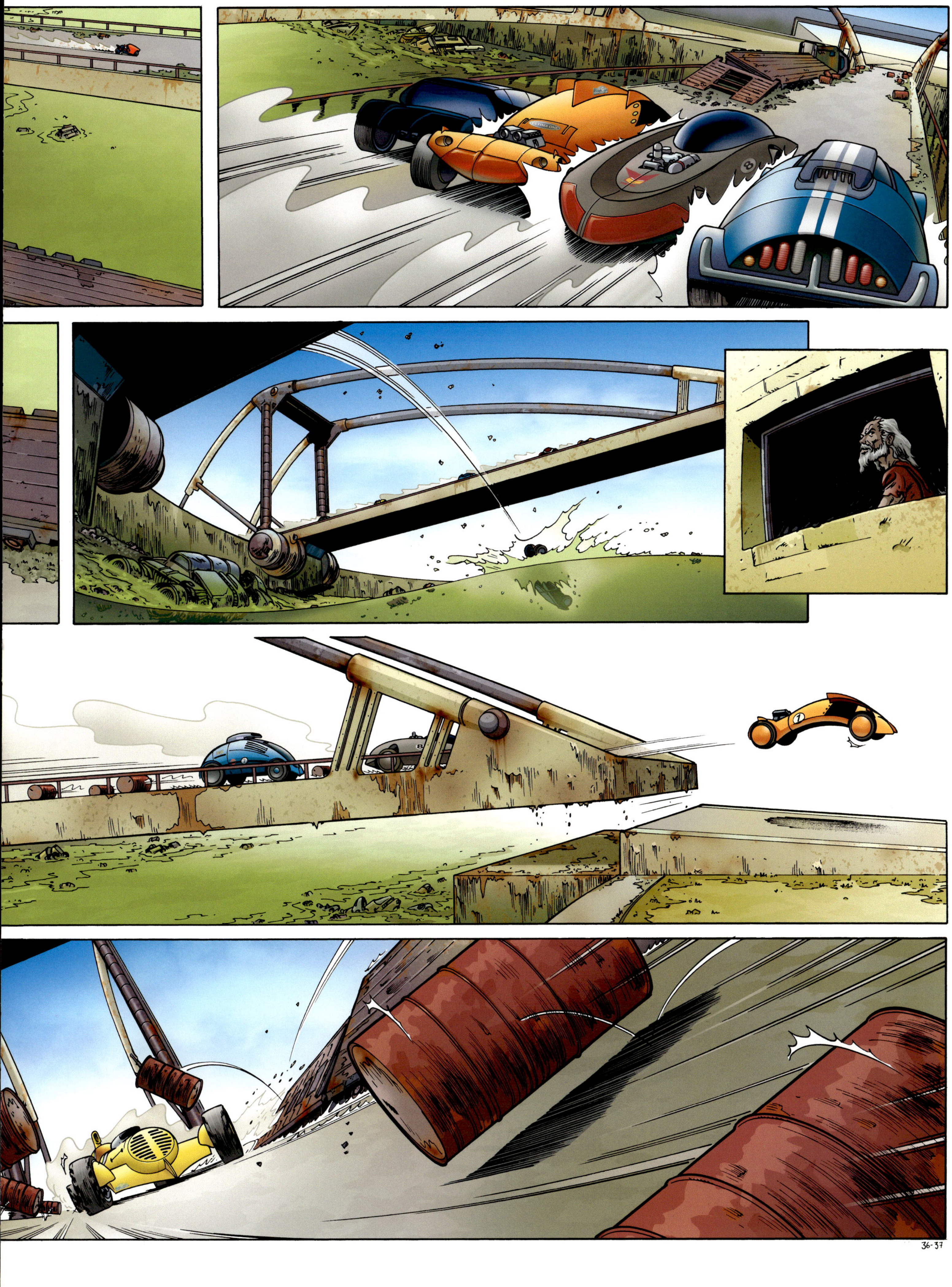

36-37

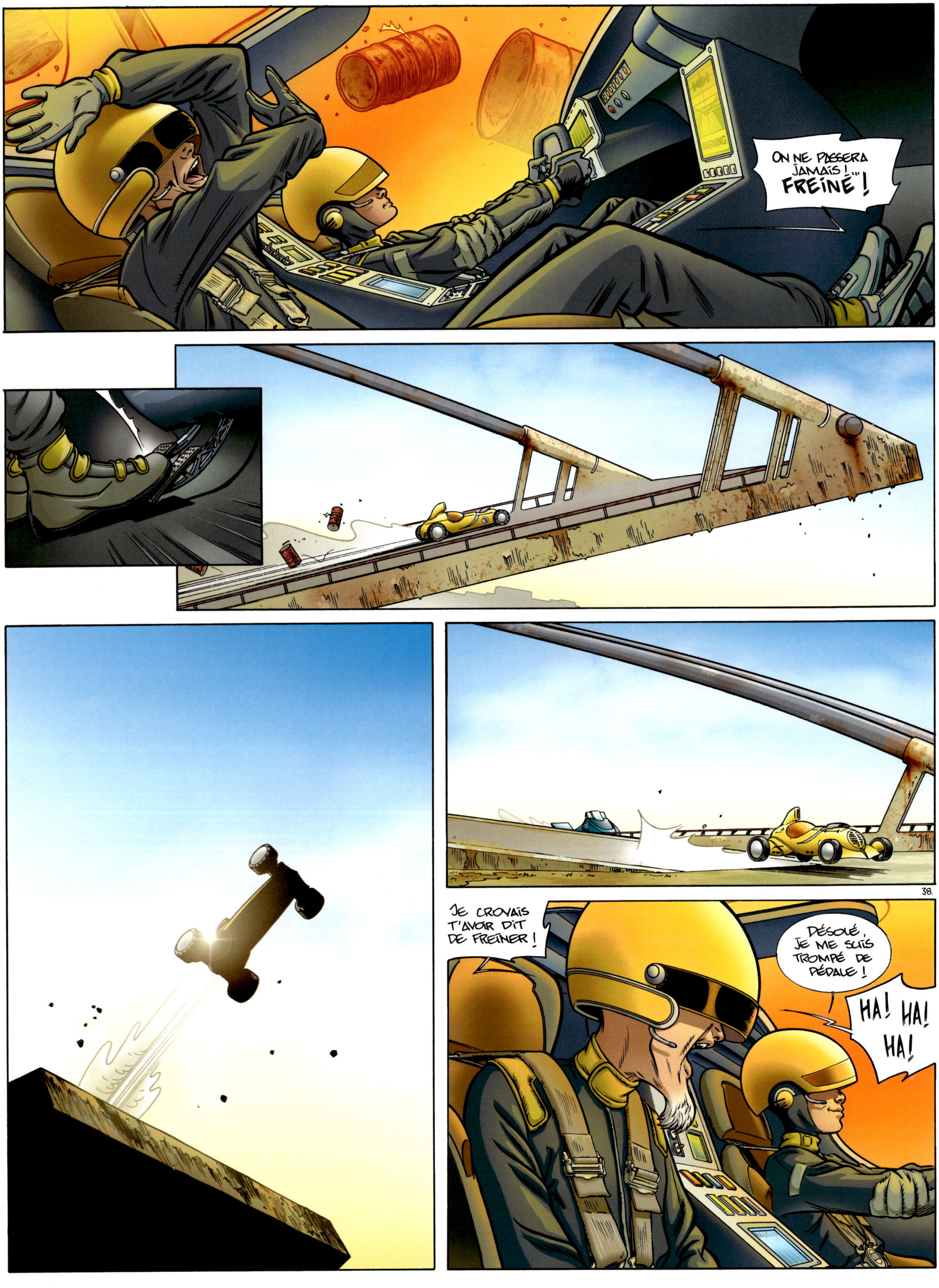

ON NE PASSERA JAMAIS !... FREINE !
38.
JE CROVAIS T'AVOIR DIT DE FREINER !
DÉSOLÉ, JE ME SUIS TROMPÉ DE PÉDALE !
HA! HA! HA!

POURQUOI IL S'EST RELEVÉ TOUT D'UN COUP COMME ÇA, LE PONT ?
JE SAIS PAS.
PEUT-ÊTRE QUE DEPUIS LE TEMPS QU'IL SERVAIT PLUS À RIEN IL S'ÉTAIT ENDORMI, ET QUE LE BRUIT DES MOTEURS ÇA L'A RÉVEILLÉ EN SURSAUT !
OH ! LE PÈRE NOËL !
MAIS NON, C'EST PAS LUI, TU VOIS BIEN QU'IL A PAS DE TRAÎNEAU !
C'EST QUI ALORS ?
HALTE ! ... MAINS EN L'AIR OU JE TIRE !
VOS PAPIERS !
J'EN AI PAS !
COMMENT VOUS APPELEZ-VOUS ?
ÇA VOUS REGARDE PAS !
QUI EST CET HOMME ?... POURQUOI L'ARRÊTEZ-VOUS ?... QU'A-T-IL FAIT ?

C'EST LUI QUI A ACTIONNÉ LE MÉCANISME QUI COMMANDE LA LEVÉE DU PONT !... NOUS IGNORONS SON IDENTITÉ CAR IL N'A AUCUN PAPIER SUR LUI ET REFUSE DE DIRE SON NOM.
COMMENT A-T-IL RÉUSSI À TROMPER LA VIGILANCE DU SERVICE D'ORDRE ET À PÉNÉTRER EN FRAUDE SUR CE SITE ?
PAS EN FRAUDE, MADEMOISELLE : JE SUIS ICI CHEZ MOI !
CHEZ VOUS ?!... COMMENT ÇA ?
J'AI PARTICIPÉ À LA CONSTRUCTION DE GOLDEN CITY !... MAIS, CONTRAIREMENT AUX AUTRES, MOI JE ME SUIS PAS BARRÉ QUAND LES TRAVAUX ONT ÉTÉ TERMINÉS !
VOUS VOULEZ DIRE QUE VOUS VIVEZ SEUL, DEPUIS DIX ANS, DANS CET ENDROIT DÉSERT ?!
PARFAITEMENT !
MAIS POURQUOI N'ÊTES-VOUS JAMAIS PARTI ?
POUR ALLER OÙ ?... ICI, JE SUIS BIEN !... PERSONNE NE VIENT M'EMMERDER !... JE SUIS PEINARD !... ENFIN, JE L'ÉTAIS AVANT QUE TOUS CES BOLIDES NE VIENNENT FOUTRE LE BORDEL !... C'EST POUR QU'ILS CESSENT LEUR PUTAIN DE VACARME QUE J'AI RELEVÉ LE PONT !
C'EST TRÈS DANGEREUX D'AVOIR FAIT ÇA !... ON A FRÔLÉ LE DRAME !
ET CE N'EST PAS FINI !... CE N'ÉTAIT QU'UN AVERTISSEMENT !... LE PIRE EST À VENIR !
LE PIRE ?!... QUE VOULEZ-VOUS DIRE ?
J'AI PIÉGÉ TOUT LE PARCOURS !... ALORS, FAITES ARRÊTER IMMÉDIATEMENT LA COURSE, SINON D'AUTRES ACCIDENTS VONT SE PRODUIRE, ET CETTE FOIS, IL Y AURA DES MORTS !
DE TOUTE ÉVIDENCE, CE PAUVRE HOMME N'A PLUS TOUTE SA RAISON, MAIS DOIT-ON, POUR AUTANT, NE PAS TENIR COMPTE DE SES MENACES ?... OU FAUT-IL, AU CONTRAIRE, LES PRENDRE TRÈS AU SÉRIEUX ?
40.

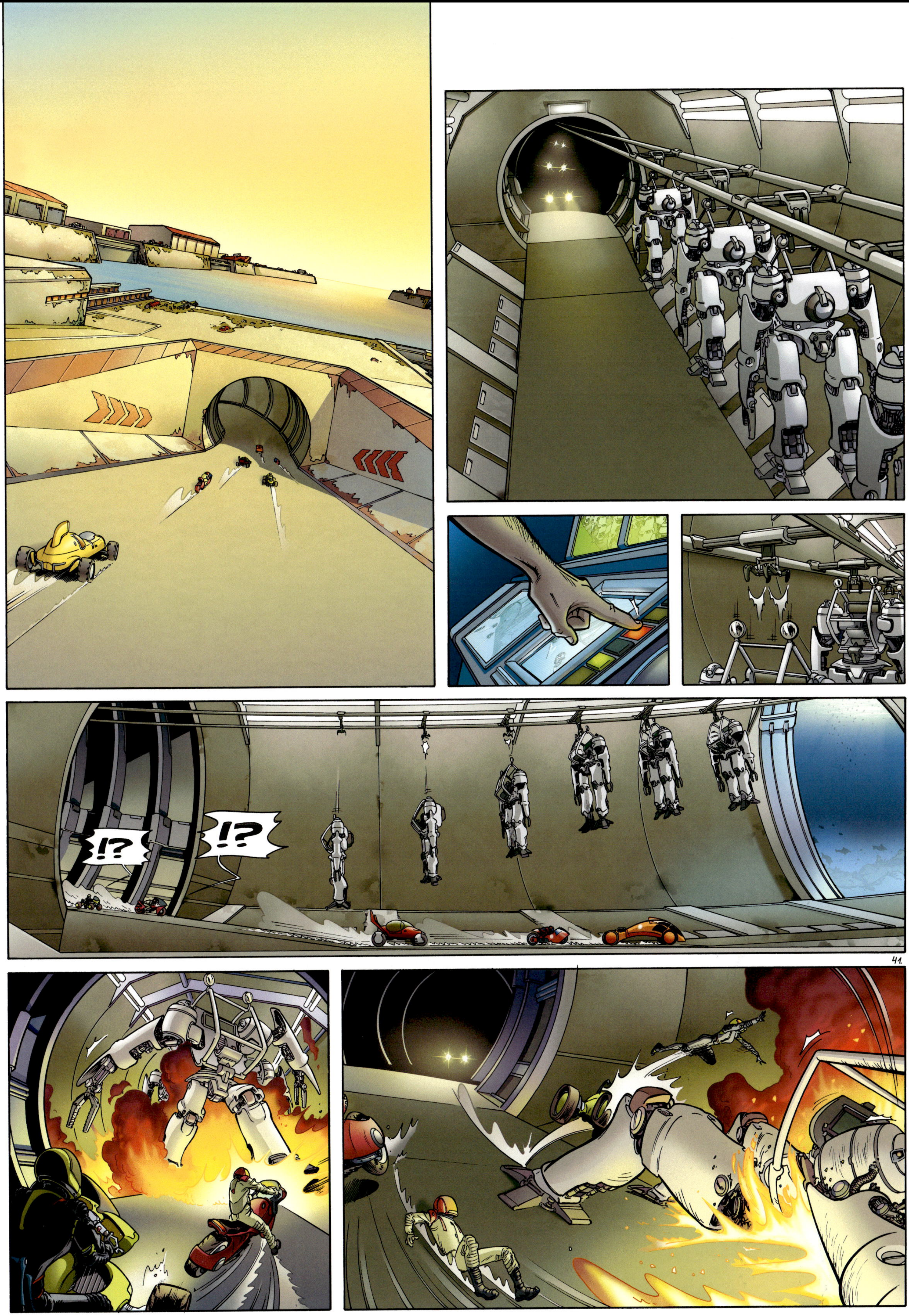

!?
WAOUFF !... J'AI BIEN CRU QUE, POUR NOUS, LA GOLDEN CUP ALLAIT S'ARRÊTER LÀ !
FÉLICITATIONS, FISTON ! ...À TA PLACE, J'AURAIS JAMAIS OSÉ TENTER UN TRUC PAREIL !... OÙ AS-TU APPRIS À FAIRE ÇA ?
QUAND JE COURAIS POUR CARUSO !... IL ORGANISAIT DES COURSES CLANDESTINES QUI ATTIRAIENT DE NOMBREUX PARIEURS !... IL Y AVAIT TOUJOURS BEAUCOUP D'ARGENT EN JEU, ET TOUS LES COUPS ÉTAIENT PERMIS POUR FRANCHIR LA LIGNE D'ARRIVÉE EN VAINQUEUR !

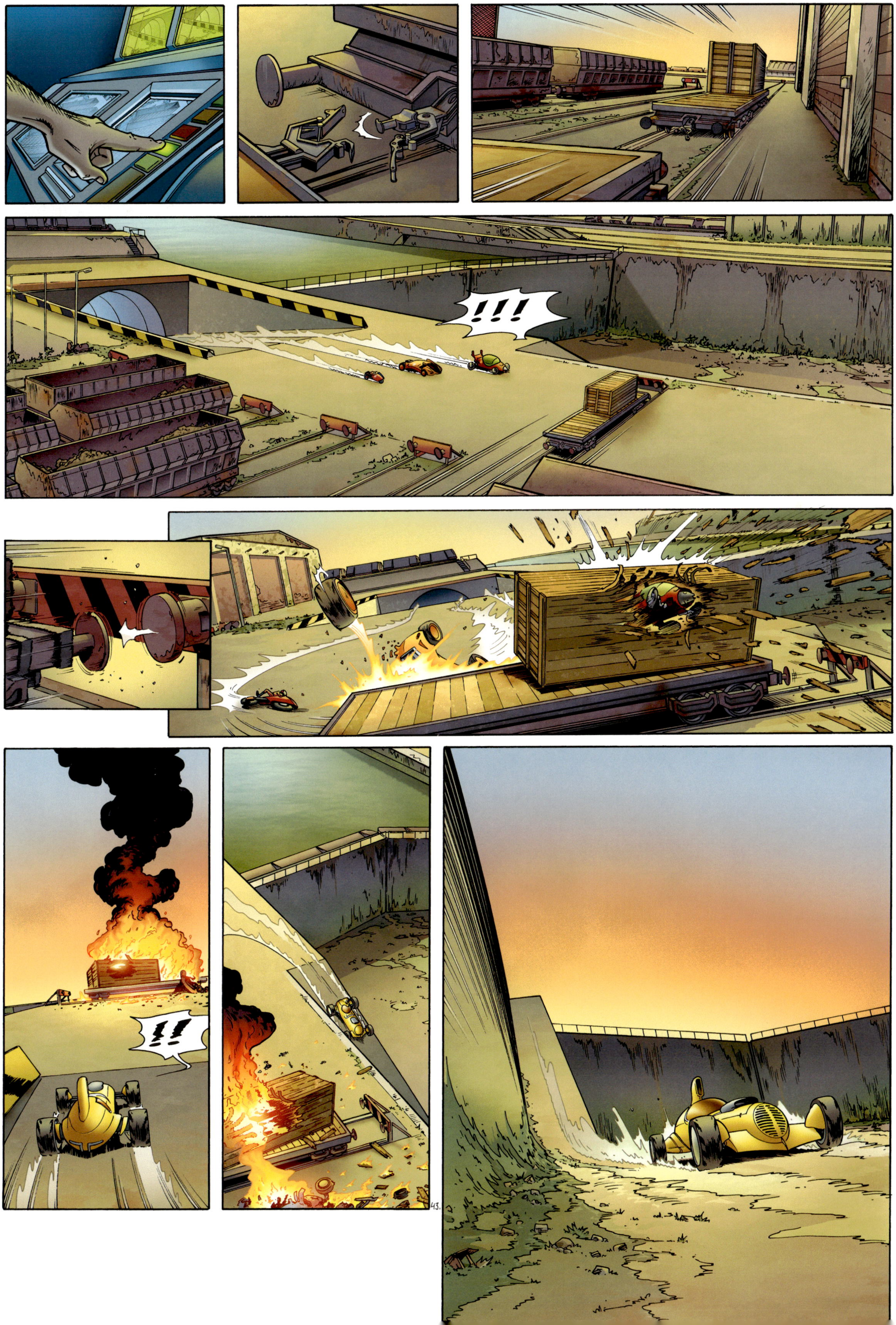

QU'EST-CE QUE ...?!
ACCÉLÈRE À FOND, FISTON !... ET, CETTE FOIS, NE TE TROMPE PAS DE PÉDALE !
44.

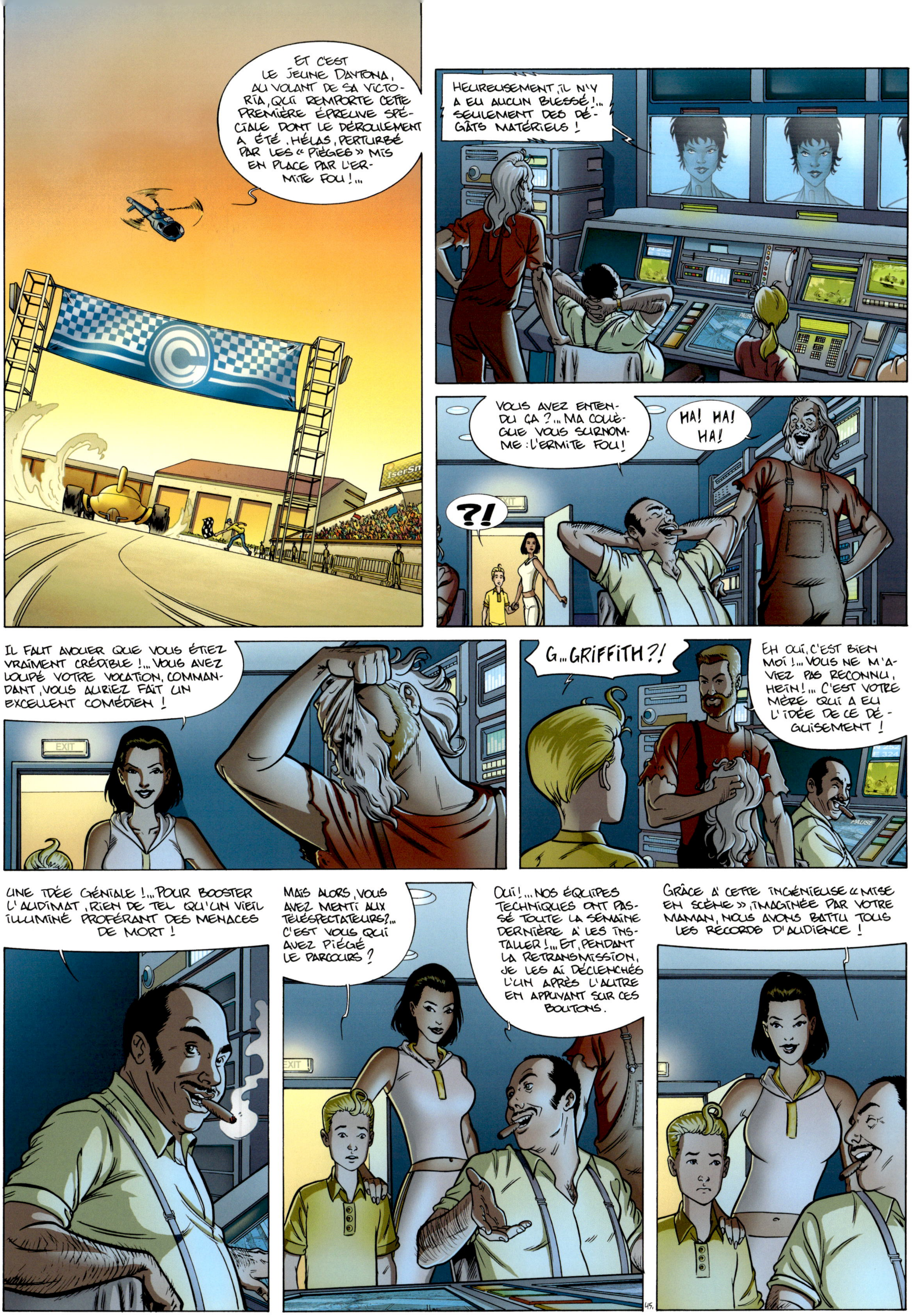
ET C'EST LE JEUNE DAYTONA, AU VOLANT DE SA VICTORIA, QUI REMPORTE CETTE PREMIÈRE ÉPREUVE SPÉCIALE DONT LE DÉROULEMENT A ÉTÉ, HÉLAS, PERTURBÉ PAR LES « PIÈGES » MIS EN PLACE PAR L'ERMITE FOU !...
HEUREUSEMENT, IL N'Y A EU AUCUN BLESSÉ !... SEULEMENT DES DÉGÂTS MATÉRIELS !
VOUS AVEZ ENTENDU ÇA ?... MA COLLÈGUE VOUS SURNOMME : L'ERMITE FOU !
HA! HA! HA!
?!
IL FAUT AVOUER QUE VOUS ÉTIEZ VRAIMENT CRÉDIBLE !... VOUS AVEZ LOUPÉ VOTRE VOCATION, COMMANDANT, VOUS AURIEZ FAIT UN EXCELLENT COMÉDIEN !
G... GRIFFITH ?!
EH OUI, C'EST BIEN MOI !... VOUS NE M'AVIEZ PAS RECONNU, HEIN !... C'EST VOTRE MÈRE QUI A EU L'IDÉE DE CE DÉGUISEMENT !
UNE IDÉE GÉNIALE !... POUR BOOSTER L'AUDIMAT, RIEN DE TEL QU'UN VIEIL ILLUMINÉ PROFÉRANT DES MENACES DE MORT !
MAIS ALORS, VOUS AVEZ MENTI AUX TÉLÉSPECTATEURS ?... C'EST VOUS QUI AVEZ PIÉGÉ LE PARCOURS ?
OUI !... NOS ÉQUIPES TECHNIQUES ONT PASSÉ TOUTE LA SEMAINE DERNIÈRE À LES INSTALLER !... ET, PENDANT LA RETRANSMISSION, JE LES AI DÉCLENCHÉS L'UN APRÈS L'AUTRE EN APPUYANT SUR CES BOUTONS.
GRÂCE À CETTE INGÉNIEUSE « MISE EN SCÈNE », IMAGINÉE PAR VOTRE MAMAN, NOUS AVONS BATTU TOUS LES RECORDS D'AUDIENCE !

PECQUEUR
HENRIET
SCHELLE & ROSA

FIN DU TOME